CLÁSSICOS
O Grito da Selva

Jack London
Tradução de Monteiro Lobato

© Companhia Editora Nacional, 2010
© IBEP, 2013

Direção editorial	Antonio Nicolau Youssef
Gerência editorial	Célia de Assis
Edição	Edgar Costa Silva
Coordenação de arte	Narjara Lara
Assistência de arte	Marilia Vilela
	Viviane Aragão
Produção editorial	José Antonio Ferraz
Ilustração	Ícone Comunicação Ltda.

CIP-BRASIL. CATALOGAÇÃO-NA-FONTE
SINDICATO NACIONAL DOS EDITORES DE LIVROS, RJ

L838g

London, Jack, 1876-1916
 O grito da selva / Jack London ; tradução Monteiro Lobato ; ilustrações Ícone Comunicação Ltda. - 1.ed. - São Paulo : IBEP, 2013.
  96 p. : 22 cm   (Clássicos)

Tradução de: The call of the wild
ISBN 978-85-342-3605-8

 1. Literatura infantojuvenil americana. I. Lobato, Monteiro, 1882-1948. II. Ícone Comunicação Ltda. III. Título. IV. Série.

13-0392.   CDD: 028.5
                                        CDU: 087.5

17.01.13   22.01.13   042254

1ª edição – São Paulo – 2013
Todos os direitos reservados

IBEP

COM A NOVA ORTOGRAFIA DA LÍNGUA PORTUGUESA

Av. Alexandre Mackenzie, 619 – CEP 05322-000 – Jaguaré
São Paulo – SP – Brasil – Tel.: (11) 2799-7799
www.editoraibep.com.br – editoras@ibep-nacional.com.br

CLÁSSICOS
O Grito da Selva

Jack London
Tradução de Monteiro Lobato

ibep jovem

Sumário

Capítulo I   *A vida primitiva*, 7

Capítulo II   *A lei do porrete e do dente*, 20

Capítulo III   *O cão primitivo*, 31

Capítulo IV   *O vencedor*, 49

Capítulo V   *O mourejo nos tirantes*, 60

Capítulo VI   *Por amor de um homem*, 81

Capítulo VII   *O chamado selvagem*, 97

CAPÍTULO I
A vida primitiva

Buck não lia jornais. Se os lesse teria sabido que uma nova era se abrira para os de sua espécie – isto é, para os cães da costa do Pacífico na zona que vai do estreito de Puget[1] a San Diego. Os homens que vinham tateando as solidões árticas encontraram afinal o metal amarelo, e as empresas de transporte passaram a estimular a corrida do ouro transportando aventureiros aos milhares para as geladas terras do Norte. Esses homens necessitavam de cães, mas de cães pesados, de músculos rijos para a tração dos trenós e bastante peludos para se protegerem contra os rigores do frio.

Buck morava numa grande fazenda no vale de Santa Clara, na Califórnia, onde o sol brilhava no céu o ano inteiro: a Fazenda do Juiz Miller. A grande casa de fazenda ficava um pouco distante da estrada, semioculta por grandes árvores que, por entre sua densa folhagem, deixava entrever a varanda. Caminhos cascalhados e ladeados por velhos choupos cortavam gramados extensos, indo dar na casa de fazenda. Atrás da casa ficavam as benfeitorias, com seus amplos estábulos onde uma dúzia de homens e rapazes trabalhavam; as casas de empregados revestidas de trepadeiras, os ranchos, os galpões, os pomares, a horta e um amoreiral aos fundos.

---

[1] O estreito de Puget fica no Estado de Washington, perto da fronteira com o Canadá e a noroeste dos EUA.

Havia também uma piscina onde os filhos do juiz tomavam seus banhos de manhã ou refrescavam-se nas tardes quentes.

Nessa grande fazenda Buck reinava soberano. Ali nascera e ali passara os quatro anos de sua vida. Existiam muitos outros cães, era verdade, porque se faziam necessários para a guarda de tão extensa propriedade; mas só Buck imperava. Os demais iam e vinham como gente vadia, dormiam em cômodos canis ou dentro das casas, como Toots, o cachorrinho da raça *spaniel* japonês, ou Ysabel, uma cachorrinha de pelo curto – frágeis criaturas que raro punham o focinho fora da porta. O resto constituía a multidão dos *fox-terriers*, uma dúzia pelo menos, que latiam ameaçadoramente para Toots e Ysabel quando os viam à janela protegidos por um bando de mulheres hábeis no manejo do cabo de vassoura.

Buck, porém, não era cão de canil, nem de colo. A propriedade inteira constituía o seu domínio. Nadava na piscina e caçava com os filhos do juiz; escoltava Mollie e Alice, as moças da casa, em seus passeios pela manhã ou à tarde; nas noites frias vinha deitar-se aos pés do juiz junto ao bom fogo da lareira, na biblioteca; conduzia-lhe os netos, às costas, pelo gramado ou os guardava, quando faziam incursões pelos pastos ou estábulos, ou ainda lá por longe, onde cresciam as amoreiras. Buck impunha-se a todos os *terriers*; quanto a Toots e Ysabel, ignorava-os. Porque ele era rei – rei de todas as criaturas que pela fazenda se agitavam, rastejavam ou voavam, inclusive as humanas.

Seu pai, Elmo, um enorme são-bernardo, fora em outros tempos o inseparável companheiro do juiz, e Buck parecia ser um leal sucessor. Saíra menor que o são-bernardo. Buck pesava apenas sessenta e três quilos, pelo fato de sua mãe, Sheep, não passar duma cachorra pastor-escocesa[2]. Sessenta e três quilos, entretanto, adicionados da dignidade que vem da boa vida e do respeito de todos, habilitavam-no a conduzir-se qual um rei. Durante os quatro anos da sua juventude, desde que nascera, sempre tivera tal vida de lorde; daí o seu orgulho um tanto egoístico, como o dos nobres ingleses que não esquecem nunca a sua situação insular. Mas Buck salvara-se de ficar um mero cachorro caseiro estragado de mimos. Gostava de caçar, e graças ao exercício dos músculos evitara a gordura. Seu amor pela água, herdado por linha paterna, constituía-lhe um saudável tônico para o bom equilíbrio do organismo.

Nessa situação privilegiada veio encontrá-lo o inverno de 1897, tempo em que a descoberta do ouro do Klondike começou a atrair homens do mundo inteiro para as regiões geladas do Norte. Mas Buck, como já dissemos, não lia os jornais, e também ignorava que Manuel, um ajudante de jardineiro, fosse homem perigoso. Tinha um grave defeito, esse Manuel – gostava em excesso de jogar. E tinha também um defeito no jogo: fé em demasia numa certa combinação de números. Isto o iria perder, porque, para insistir numa combinação de números, era preciso ter fundos, e o seu salário de jardineiro apenas dava para o suporte da mulher e da numerosa prole.

O juiz achava-se fora da casa, numa reunião da Associação dos Produtores de Passas, e os filhos ocupavam-se em organizar um clube atlético, quando ocorreu a memorável traição de Manuel. Ninguém viu o jardineiro levar Buck para o pomar, e o próprio cão de nada desconfiou, certo de tratar-se dum simples passeio. Exceto um sujeito de fora, ninguém o

---

[2] Pastor-escocês: também conhecido como *collie* de pêlo longo.

viu chegar à estaçãozinha de trem conhecida pelo nome de College Park. Esse sujeito conversou com Manuel, havendo troca de dinheiro entre ambos.

— Amarre a "bagagem" antes de passá-la a mim — disse o sujeito piscando o olho, e Manuel atou uma corda forte ao pescoço de Buck, por baixo da coleira.

— Basta correr a laçada que ele se asfixia e cede — disse Manuel ao sujeito, o qual fez gesto de haver compreendido.

Buck recebeu a corda no pescoço com calma e dignidade. Não o satisfazia aquilo, mas aprendera a confiar nos homens e a tê-los como mais sábios que os cães. Quando, porém, a ponta da corda passou às mãos do desconhecido, não pôde deixar de rosnar ameaçadoramente. Estava apenas denunciando o seu desprazer, convencido, em seu orgulho, de que ameaçar era resolver o caso. Com grande surpresa, entretanto, a corda apertou-se de modo a sufocá-lo. Buck então projetou-se contra o homem, que o deteve a meio caminho e, agarrando-o pela coleira, revirou-o de patas para o ar. E a corda apertou-se mais e mais, impiedosamente, enquanto Buck se debatia com fúria, a língua de fora, o peito arquejante. Nunca em sua vida fora tratado de maneira tão infame, nunca havia sentido tamanha cólera. Sua força foi se esgotando, seus olhos nublaram-se e nem percebeu que o trem apitava e os dois carrascos o metiam num carro de bagagem.

Logo depois, ao lhe voltar a consciência, sentiu que a língua lhe doía e que estava sacolejando dentro duma condução qualquer. O grito agudo da locomotiva a apitar num cruzamento veio esclarecer tudo, porque Buck já por várias vezes viajara de trem em companhia do juiz Miller. Abriu os olhos, nos quais logo brilhou a sua insopitável cólera de rei raptado.

O homem lançou-se-lhe ao pescoço; mas Buck foi mais rápido dessa vez: ferrou-lhe as presas na mão, só largando-a depois de haver perdido a consciência em virtude da asfixia da corda.

— O diabo tem acessos — disse o homem, ocultando a mão ferida aos olhos do bagageiro que acudira ao barulho. — Vou levá-lo a um veterinário da cidade de Frisco que tem bons remédios para a doença.

Na noite desse mesmo dia, travava-se nos fundos dum *saloon*[3] de São Francisco um diálogo manhoso.

— Só me oferecem por ele cinquenta, mas não o largo por menos de mil e à vista — cochichava o homem, já de mão amarrada num lenço vermelho de sangue e calça aberta num rasgão do tornozelo ao joelho.

— Quanto o outro levou? — inquiriu o dono da espelunca.

— Cem — foi a intrépida resposta. — Não o quis largar nem por cinco centavos menos, a bisca.

— Cento e cinquenta ele vale — disse o taverneiro. — Isso lá vale.

O receptador desfez a atadura e examinou a ferida, murmurando:

— Não vá trazer-me a tal hidrofobia... Ajude-me aqui.

— Você nasceu mesmo para a forca — riu-se o dono do *saloon*, ajudando-o a consertar a mão.

Tonto, sufocado, sofrendo intolerável dor na garganta e na língua, com a vida a esvair-se, mesmo assim Buck tentou enfrentar seus atormentadores. Mas viu-se derrubado e com a corda ainda mais cerrada em torno ao pescoço, até que os dois

---

[3] *Saloon*: misto de taverna e casa de jogo e danças, muito comum na América do Norte daquele tempo.

homens conseguiram afivelar-lhe uma forte coleira de metal. Depois desataram a corda e o meteram num engradado.

Ali passou o resto da noite, roendo a cólera e o orgulho ferido. Buck não podia compreender o que se passava. Que queriam com ele os dois desconhecidos? Por que o mantinham preso assim em uma jaula? Nada compreendia, mas sentia-se oprimido pela vaga sensação duma calamidade iminente. Diversas vezes durante a noite pôs-se de pé ao perceber barulho na porta, esperançado em ver surgir o juiz ou pelo menos um dos seus filhos. De todas, entretanto, só viu a cara hedionda do dono da espelunca, que o vinha espiar de vela de sebo na mão. E o latido de alegria que se ia formando em sua garganta transformava-se em rosnado selvagem.

O dono da espelunca deixou-o por fim em sossego e pela manhã vieram quatro homens espiar o engradado. "Mais atormentadores", refletiu Buck com os olhos nas caras de tais homens, malvestidos e sujos – e dentro da jaula rosnou contra eles e latiu furiosamente. Os homens limitaram-se a rir e a cutucá-lo com pedaços de pau, que o cachorro agarrava nos dentes com furor. A impotência fê-lo acalmar-se – e o engradado foi conduzido a um carro. Depois disso o engradado passou por muitas mãos. Empregados da estrada de ferro tomavam conta dele; em certo ponto um caminhão o levou, entre muitas outras caixas, para um *ferry-boat*[4], e desse *ferry-boat* foi baldeado para um armazém de bagagens. Por fim meteram-no em um vagão de trem expresso.

Durante dois dias e duas noites o vagão seguiu na traseira duma locomotiva barulhenta e veloz. Por todo esse tempo Buck

---

[4] *Ferry-boat*: barco para transporte regular de passageiros, mercadorias etc.

não comeu, nem bebeu. Em sua cólera impotente, reagia contra a presença dos empregados do expresso por meio de rosnados ferozes – e recebia como réplica provocações de toda sorte. Sempre que se atirava de encontro aos sarrafos do engradado, tremendo e espumando, os homens desferiam gargalhadas alegres. Também ladravam como cachorro, miavam como gato e batiam-lhe palmas. Nada mais estúpido, pensava Buck, nada mais idiota, e por isso mesmo nada mais ultrajante para a sua dignidade. E a cólera crescia. A fome não o atormentava tanto; mas a sede o punha louco. Altamente sensitivo que era, o mau-trato trouxera-lhe febre, agravada pela inflamação da língua e da garganta ressequida.

Uma coisa só o consolava: a corda fora tirada do seu pescoço. A corda que dera aos atormentadores uma tão cruel superioridade na luta; e agora que estava livre ia mostrar-lhes para que serviam seus dentes. Nunca mais deixaria que lhe pusessem cordas ao pescoço. Era ponto resolvido. Durante os dias tão longos que passara sem nada beber ou comer, Buck acumulara uma reserva de cólera perigosíssima para a primeira criatura que lhe aparecesse pela frente. Seus olhos estavam congestionados. O severo rei do vale de Santa Clara fizera-se demônio implacável. Mudara tanto que nem o juiz o reconheceria. Os empregados do expresso respiraram de alívio quando o engradado da fera foi removido do trem, em Seattle[5].

Quatro homens passaram-no do vagão para uma área cercada de altos muros, e um sujeito grandalhão, de malha de lã vermelha aberta ao pescoço, veio assinar o nome num livro. Aquele homem iria ser o seu próximo atormentador, refletiu

---

[5] Seattle: cidade do estado de Washington, às margens do estreito de Puget.

Buck e arreganhou e rosnou contra ele. O homem sorriu maldosamente e foi buscar uma machadinha e um porrete.

– O senhor vai soltá-lo agora? – perguntou o carroceiro.

– Pois decerto – respondeu o homem, abaixando-se para o engradado a fim de arrancar as tábuas com a machadinha.

Os quatro carregadores recuaram e tomaram posições em cima do muro para assistir ao belo espetáculo.

Buck atirou-se ao primeiro sarrafo despregado, cravando nele os dentes e sacudindo-o com fúria. Cada vez que a machadinha operava externamente num sarrafo, Buck lá dentro arreganhava a dentuça e roncava, ansioso por escapar da prisão. Já o homem da blusa de lã vermelha não demonstrava pressa nenhuma.

– Agora, seu diabo de olho de fogo! – exclamou ele, logo que a abertura se fez suficiente para a passagem do prisioneiro, e, jogando a machadinha, passou a mão no porrete.

Buck ficara realmente um demônio de olho vermelho ao encolher-se para o salto, de pelos eriçados e boca espumarenta; aqueles olhos injetados de sangue sugeriam a ideia duma loucura diabólica. Eram 63 quilos de furor que se iam projetar contra o homem – furor avivado ao máximo pelos dois dias e duas noites de cruel engaiolamento. Deu o bote. Mas, ainda no espaço, quando sua boca aberta ia agarrar o inimigo, recebeu uma pancada que lhe quebrou o ímpeto e o fez cerrar os dentes numa agonia de dor. E caiu de lado. Buck jamais apanhara de porrete, de modo que não compreendeu a verdadeira significação daquilo. Faltava-lhe a experiência. Com um ronco, metade latido, metade gemido, pôs-se de pé e deu novo pulo. E novamente aquele mesmo choque violentíssimo se repetiu no ar, fazendo-o achatar-se pela segunda vez no solo.

Percebeu então que a violência vinha do porrete; mas a sua fúria ainda estava muito grande para que se precavesse. Atacou uma dúzia de vezes ainda, até que, vencido pela espantosa violência do porrete, ficasse estatelado por terra, sem forças.

O último golpe fora de excepcional violência; Buck, achatado no chão, estava muito tonto para novo bote. Vacilava numa vertigem, com o sangue a lhe correr do focinho e dos ouvidos; sua linda pelagem cobria-se de manchas vermelhas. Foi quando o homem avançou e lhe arremessou uma pancada violenta no focinho. Tudo quanto havia sofrido até aquele momento foi nada em comparação à dor horrível que Buck sentiu. Com um rugido, que pela ferocidade lembrava o rugido do leão, mais uma vez projetou-se contra o homem. Inútil esforço. O inimigo o recebeu na ponta do instrumento de tortura, impedindo-o de aproximar-se. Novo golpe violentíssimo o fez dar um giro no espaço; depois caiu por terra, moído.

Com as últimas forças que lhe restavam tentou ainda um bote; mas o homem lhe aplicou uma pancada mestra, um golpe inédito que o prostrou de vez. Buck perdeu os sentidos.

— Ele não é nada mole, nisso de domar cães! — murmurou com entusiasmo um dos espectadores de cima do muro.

— Druther doma *cayuses*[6] todos os dias, até nos domingos — disse o condutor do caminhão, estalando o chicote e partindo com o seu veículo.

Buck voltou a si, mas não viu voltarem suas forças. Ficou onde caíra, com os olhos atentos no demônio de blusa de lã vermelha.

---

[6] Cayuses: raça de cavalos domesticada pelos índios norte-americanos.

"Responde ao nome de Buck", disse consigo o homem, repetindo uma frase da carta do taverneiro que viera acompanhando o engradado. E depois, dirigindo-se ao animal:

— Muito bem, meu amigo, tivemos o nosso pega, e o melhor a fazer agora é ficarmos por aqui. Você aprendeu o seu lugar e ficou sabendo o meu. Seja um bom cão que serei um bom dono. Se se mete a valente, espirro com sua alma fora do corpo. Está entendendo?

Enquanto falava, acariciava sem medo nenhum a pobre cabeça que martirizara a pancadas e, embora os pelos de Buck involuntariamente se arrepiassem, a tudo se submeteu sem protesto. Quando o homem lhe trouxe água, bebeu-a com avidez, e depois devorou uma generosa ração de carne crua diretamente das mãos de seu atormentador.

Buck estava com o corpo moído de pancadas (não se iludia a respeito), mas não vencido. Aprendera de uma vez por todas que nada poderia fazer contra o homem do porrete ou contra um homem armado de porrete. A lição aprendida com tanta dor lhe ia servir pela vida inteira. Era aquele porrete uma revelação. Valia por passo introdutório no mundo onde a lei selvagem do mais forte impera soberana. A vida tomava para ele um aspecto mais feroz; e, embora sem covardia, Buck principiava a encarar os fatos da vida com a astúcia que tinha latente em si e só agora começava a despertar.

Os dias passavam-se; outros cães vinham chegando sempre em engradados ou na ponta de cordas, humildes uns, outros com a mesma ferocidade e revolta que Buck demonstrara — e, um por um, passaram pelas mãos terríveis do domador. A cada cena daquelas, mais e mais a lição da realidade se entranhava no cérebro de Buck. Um homem armado de porrete era a lei viva, o senhor a ser obedecido às cegas – mas como escravo, jamais consentidamente. Dessa miséria nunca seria ele acusado; a revolta permaneceria em sua alma por mais que visse cães surrados arrastarem-se aos pés do senhor para lhe lamber a mão cruel. Também viu um que não se submeteu à obediência, preferindo morrer de pancadas.

Volta e meia apareciam homens desconhecidos que conversavam excitadamente com o domador de blusa de lã vermelha. E cada vez que algumas notas passavam das mãos desses desconhecidos para as do domador, um dos cães era levado dali. Buck não sabia que destino tomavam, porque nenhum jamais voltou; o medo do futuro, o terror do desconhecido, porém, ganhara seu íntimo, e ele respirava com alívio cada vez que o escolhido era outro, não ele. Preferia ficar.

Mas o tempo de ser levado também chegou. Um homenzinho seco, que falava um inglês incompreensível, cheio de exclamações, veio e o escolheu.

– Diabo! – exclamara, quando seus olhos caíram sobre Buck. – Este pedaço de cão está me cheirando bem. Quanto?

– Trezentos dólares e é de graça – respondeu prontamente o domador. – E como será pago à vista, com dinheiro do governo, você não vai pechinchar, hein, Perrault?

Perrault arreganhou um sorriso. O preço dos cães andava pelas nuvens em consequência da enorme procura, de modo que não era absurdo o que fora pedido por Buck. O governo canadense não sairia perdendo, nem o serviço dos trenós se prejudicaria com um animal daqueles. Perrault, velho conhecedor de cães, viu de relance que era Buck dos tais de um em mil, como ele dizia.

O dinheiro passou das mãos do homem magro para as do domador, e o cachorro não se surpreendeu quando, em companhia de Curly, uma cadela da raça terra-nova de muito bom gênio, foi levado dali. Nunca mais iria avistar-se com o homem da blusa de lã vermelha, pois que do tombadilho do *Narval* viu apequenar-se na distância a cidade em que ele morava, Seattle. Buck partia para o desconhecido.

Logo que deixaram o porto, ele foi, mais Curly, levado para dentro do navio onde Perrault o entregou a um gigante de nome François, mestiço de francês e índio. Perrault era um canadense amorenado, embora não tanto como o seu companheiro. Representavam ambos um tipo de homens desconhecido para Buck – e muitos desse tipo iria encontrar dali por diante. Não lhe inspiravam nenhum afeto; pareciam-lhe entretanto criaturas leais, calmas e honestas na aplicação da justiça, além do alto conhecimento que tinham dos cães, suas qualidades e manhas.

Buck e Curly encontraram no *Narval* mais dois companheiros, um grandalhão, alvo como a neve, oriundo de Spitzberg[7], de onde fora trazido por um pescador de baleia. Esse cão mostrava-se amigo, mas amigo traiçoeiro; como que sorria com a beiçarra sempre que meditava um truque qualquer. Buck percebeu-o quando Spitz lhe roubou parte de sua ração no primeiro almoço a bordo. Já ia puni-lo com uma dentada, mas a recolheu. O chicote de François descera veloz sobre o culpado; mesmo assim, Buck teve de contentar-se com o osso que salvou. Aquele gesto de François era leal, pensou consigo Buck, que desde esse momento passou a ter o canadense na conta de homem de bem.

---

[7] Spitzberg: a maior ilha do arquipélago norueguês de Svalbard, no oceano Ártico, entre a Noruega e a Groenlândia.

O outro cão era sombrio, melancólico, nada amigo de aproximar-se ou ser aproximado. Não se achegou aos companheiros, nem procurou roubar-lhes a comida. Buck e Curly perceberam logo que o que ele queria era ser deixado em paz – e se insistiam em negar-lhe isso encolerizava-se.

Dave era o seu nome; comia e dormia sem mostrar interesse por coisa alguma. Nem sequer agitou-se quando o navio transpôs o estreito de Charlotte e pinoteou e corcoveou sobre as ondas, qual um possesso. Enquanto Buck e Curly se agitavam no auge do pavor, excitadíssimos, Dave, depois de erguer a cabeça e rosnar aborrecido, voltava à posição anterior, de cabeça entre as patas, olhos fechados.

Dia e noite a embarcação trepidava sob o impulso das hélices; o tempo corria e nada mudava, exceto a temperatura, cada vez mais fria. Certa manhã, porém, a hélice do *Narval* silenciou, e o navio encheu-se de atarefamentos. Tanto Buck como os demais companheiros sentiram que ia dar-se qualquer mudança em suas vidas. De fato. François passou-lhes uma correia pela coleira e levou-os para cima. Ao penetrar no tombadilho, os pés de Buck afundaram numa substância fria e frouxa. Recuou com um rosnido. Mais daquela substância branca e fria vinha caindo do ar. O cão sacudiu-se; depois provou-a com a ponta da língua. Viu que queimava como fogo, mas desaparecia logo. O fato o espantou. Buck fez nova prova, com o mesmo resultado. Era um fogo que se derretia em água.

Os espectadores riram-se gostosamente. Não havia razão, entretanto. Que culpa tinha Buck de não conhecer a neve?

Capítulo II
A lei do porrete e do dente

O primeiro dia que Buck passou nas terras do Alasca, na praia do porto de Dyea, ficou em sua memória como um estranho pesadelo. Cada hora lhe trazia uma surpresa nova, pois que viera do âmago da civilização para a beira de um mundo onde tudo era primitivo. Nada do preguiçoso viver ao sol, mas gelo e monotonia. Paz nenhuma, descanso nenhum; nem sequer um instante de segurança. Tudo ação e confusão; os perigos ameaçavam em todos os momentos e de todos os lados. Toda criatura tinha de manter-se permanentemente alerta. Os homens e cães que o rodeavam não eram os homens e cães de cidade que conhecia. Eram selvagens, todos eles, feras ignorantes de outra lei que não a do porrete e do dente.

Buck nunca vira cães lutar como aqueles cães-lobos lutavam, e sua primeira experiência lhe valeu por lição inesquecível. Experiência feita por intermédio de outro, é verdade, pois fora Curly a vítima. No acampamento em que estavam, próximo a um armazém de madeira, Curly aproximara-se amavelmente dum cão peludo, do tamanho de um lobo. Foi mal recebida. Um bote rápido como o relâmpago, um brilho de dentes e um salto para trás, e Curly ficou de face rasgada, do olho ao canto da boca.

Era o modo de o lobo lutar: golpe e salto para trás. Imediatamente trinta ou quarenta cães rodearam em silêncio os lutadores. Buck não compreendeu aquele silêncio, nem aquela atenção, nem o nervosismo impaciente com que lambiam os beiços. Curly revidou o ataque, mas seu antagonista deu segundo bote e saltou de novo para trás. No sexto assalto, a cachorra caiu para não mais levantar-se. Era o que os assistentes em círculo estavam esperando, pois se atiraram contra ela num furor inconcebível.

Tão repentino e inesperado foi aquilo, que Buck tonteou. Viu Spitz espichar a língua escarlate naquele seu modo que parecia riso; e viu François acudir de machado em punho e lançar-se no meio dos cães. Mais três homens armados de porretes vieram ajudá-lo na tarefa. Não foi longa. Dois minutos depois de Curly cair, o último dos assaltantes já estava corrido dali. Mas o pobre animal jazia sem vida num lago de sangue, literalmente estraçalhado.

Esse quadro iria gravar-se para sempre na memória de Buck, perseguindo-o em sonhos. Compreendeu como era a vida no Norte. Nada de lealdade. Quem cai, cai; não há perdão para o que cai. Muito bem. Ele trataria de não cair nunca. Spitz deitou de novo a língua e sorriu – e desde aquele momento Buck o odiou mortalmente.

Antes de recobrado da cena brutal em que sua companheira de viagem perdera a vida, Buck recebeu nova lição. François amarrou-o a um emaranhado de correias e argolas, que o fizeram recordar os arreios que outrora vira colocar nos cavalos. E como sob eles trabalhavam os cavalos, assim iria Buck trabalhar na tração do trenó de François, dentro e fora da floresta, no serviço de carregar lenha.

Embora sua dignidade se chocasse ao ver-se transformado em animal de tiro[8], nem por isso Buck rebelou-se. Puxou

---

[8] Animal de tiro: o mesmo que animal de tração (os que puxam carretas, carruagens, trenós etc.).

o trenó como melhor pôde, apesar do estranho de tudo aquilo. François era severo e exigia imediata obediência, conseguindo-a sempre graças ao manejo do chicote. Dave, um cão de coice[9] muito experiente, mordia Buck nos quartos traseiros sempre que este inadvertidamente fraquejava no ato de puxar. Spitz, o chefe da matilha e cão de largo tirocínio, embora nem sempre pudesse alcançar Buck, rosnava-lhe reprovações de vez em quando, ou então astuciosamente fazia o peso todo cair sobre ele, de modo a pô-lo à prova. Sob a ação combinada dos dois cães instrutores e de François, Buck aprendeu depressa. Aprendeu a deter-se ao sinal de *hoa!*; a dar o arranco de partida ao sinal de *vamos!*; a virar nas curvas e a conservar-se em posição de segurança quando o trenó carregado descia rampas.

— Excelentes cães — disse François a Perrault. — Este Buck eu o ensinarei rápido como o relâmpago.

À tarde, Perrault, que estava com pressa de pôr-se em viagem com as malas do correio canadense, apareceu com mais dois *huskies*[10] irmãos, de nome Billie e Joe. Irmãos por parte de mãe, mas, apesar disso, tão diferentes como a noite e o dia. O único defeito de Billie era a sua natureza excessivamente generosa, ao passo que Joe era o oposto, sempre azedo e desconfiado, com um perpétuo rosnido na garganta e uma perpétua expressão de malignidade nos olhos.

Buck os recebeu com camaradagem; Dave ignorou-os e Spitz tratou logo de surrá-los, no primeiro dia um, depois o outro. Billie recebeu o líder com agitação de cauda; vendo que de nada valia esse gesto de paz, fugiu ganindo — e ganindo

---

[9] Cão de coice: cão que ocupa a última posição da matilha que puxa o trenó.
[10] Husky: cão de origem siberiana, muito utilizado pelos esquimós para a tração de trenós.

fugia cada vez que Spitz lhe arreganhava as presas. Já com Joe era diferente. Por mais que Spitz arreganhasse as presas, Joe o enfrentava sempre, com os pelos do pescoço arrepiados, a dentuça à mostra, o fulgor maligno dos olhos aumentado dez vezes. Era a encarnação do medo beligerante. Tão terrível o seu aspecto, que Spitz desistiu de colocá-lo na linha. A título de consolo, voltou-se contra o inofensivo Billie, que desde então passou a viver sempre na orla do acampamento.

À noite, Perrault trouxe novo cão, um velho *husky* comprido e magro, de focinho escalavrado de cicatrizes e um olho só, mas que apesar disso era mais feroz que quatro. Seu nome, Sol-leks, significava "furioso". Como Dave, Sol-leks não pedia nada, não esperava nada, não dava nada e, quando seguia seu caminho, lento e deliberado, o próprio Spitz o deixava em paz.

Esse cão possuía uma particularidade que Buck desastradamente descobrira – não gostava que dele se aproximassem pelo lado cego. Buck cometeu esse deslize por pura ignorância e sofreu um golpe terrível, que lhe abriu a carne do ombro até o osso num corte de oito centímetros e fê-lo aprender a lição pelo resto da vida. Desde esse dia evitou sempre aproximar-se de Sol-leks pelo lado cego e nenhum outro mal lhe veio desse colega de trenó. A única ambição de Sol-leks era ser deixado em paz. Nisso parecia irmão de Dave. Mais tarde, porém, Buck veio a saber que não era essa a única ambição que se ocultava no íntimo dos dois cães.

Naquela noite, Buck se deparou com o grande problema de dormir. Onde a cama? A tenda iluminada por uma candeia brilhava com um foco de calor na imensidão monótona da planície de neve. A luz o atraiu. Era o lar, como o conhecera no passado feliz. Sacudindo a cauda, Buck entrou na tenda.

Foi recebido com um bombardeio de pragas e objetos arremessados. Fugiu, indo esconder a sua vergonha longe dali. Frio de cortar. O vento glacial mordia com mil venenos a ferida aberta em seu ombro. Buck deitou-se na neve e tentou dormir, mas o enregelamento fê-lo pôr-se novamente de pé. Miserando e desesperado, errou por entre as tendas do acampamento; cada lugar novo que experimentava era mais frio que o precedente. Aqui e ali cães ferozes atiravam-se contra ele. Buck, porém, arrepiava os pelos do pescoço e arreganhava os dentes, meios de defesa rapidamente aprendidos.

Por fim, uma ideia lhe ocorreu: voltar e ver como seus companheiros de trenó procediam. Com espanto, verificou que todos haviam desaparecido. Procurou-os pelas redondezas. Nada. Para onde teriam ido? Ocultos em alguma tenda? Impossível. Os bombardeios não deixavam que nenhum cão nelas entrasse. Súbito, a neve cedeu sob seu peso. Buck deu um salto para trás, já em guarda contra o desconhecido. Um débil uivo amigo, porém, o sossegou; foi investigar o que havia na neve. Um bafo quente acariciou-lhe o focinho. Olhou. Enrodilhado dentro de um buraco escavado na neve estava Billie. O bom cão gemeu amigavelmente, como para mostrar suas boas intenções e ainda lambeu com a língua quente o focinho gelado do companheiro.

Outra lição. Era assim que se fazia. Cama dentro da neve. E cheio de confiança Buck escolheu um ponto e pôs-se espalhafatosamente a escavar um buraco; enrodilhou-se dentro dele e breve o calor do seu corpo aqueceu o espaço confinado. E como o dia fora longo e trabalhoso, dormiu profundamente, apesar dos latidos que de tempos em tempos dava em sonhos.

Só abriu os olhos quando o acampamento já desperto entrava em plena agitação. A princípio, ficou sem saber do que se tratava. Durante a noite, aquela farinha branca cobrira-o completamente. Paredes de gelo comprimiam-no de todos os lados como num molde. O pânico o tomou. E se fosse aquilo uma armadilha? Essa sugestão lhe vinha do fundo do subconsciente herdado de remotíssimos ancestrais, porque como cão civilizado não podia por experiência própria admitir armadilhas para os da sua espécie. Os músculos de seu corpo contraíram-se espasmodicamente e, por instinto, num arranco supremo, projetou-se fora dali e viu-se de novo livre, emerso da bola de neve espatifada. Diante dele estava o acampamento dos homens. A memória, num clarão, reavivou-se-lhe. Acudiram-lhe as cenas capitais da sua vida, os tempos felizes em Santa Clara, o passeio com Manuel, o navio, tudo e, finalmente, o buraco que na véspera cavara para enterrar-se à procura de calor.

– Eu não disse? – exclamava ele, voltado para Perrault. – Este amigo Buck vai aprender tudo num relâmpago.

Perrault assentiu com a cabeça, com ar grave. Como correio do governo canadense, sempre a conduzir despachos de importância, vivia ansioso por assegurar-se de bons cães de tiro; estava, pois, contente com a aquisição daquele.

Mais três *huskies* foram em uma hora agregados à equipe, elevando o número a nove. Logo depois todos receberam os arreios, e o trenó partiu no rumo do cânion Dyea. Buck sentiu-se feliz no trabalho, que embora fosse pesado não o desagradava totalmente. Ficou surpreso com a vivacidade que animava a matilha e que breve o contaminou, e mais surpreso ainda com a mudança operada em Dave e Sol-leks. Pareciam cães novos, de tal modo os arreios os transformavam. Toda a passividade, toda a indiferença e despreocupação habituais desapareceram. Mostravam-se vivos e ativos, ansiosos para que o serviço corresse bem, a ponto de sinceramente irritarem-se quando qualquer incidente retardava a corrida. O trabalho nos tirantes parecia ser-lhes a suprema felicidade, a coisa para a qual viviam e a única de onde era possível tirar algum deleite.

Dave era cão de coice; depois dele vinha Buck; a seguir, Sol-leks; o resto do grupo perdia-se lá adiante até terminar no líder, Spitz.

Buck fora de propósito colocado entre Dave e Sol-leks, que agiriam como instrutores. Se o aprendiz era bom, os mestres eram excelentes; ensinavam-lhe punindo a dentadas todos os deslizes. Dave mostrou-se leal e prudente. Nunca mordia Buck sem causa e nunca falhou de o castigar sempre que fez jus ao castigo. E, como o chicote de François apoiava inexoravelmente as advertências de Dave, Buck achou de melhor política, em vez de retaliar, não repetir os deslizes. Certa vez, numa breve parada, quando Buck se embaraçou nos arreios e desse modo retardou a partida, os dois instrutores administraram-lhe uma correção severa. Aquilo atrapalhou o desembaraço dos arreios, mas Buck tomou muito cuidado dali por diante em conservar os arreios sempre livres. Em pouco tempo ficou tão seguro do trabalho que seus instrutores cessaram de lhe infligir correções. Também o chicote de François raro o atingia, e Perrault o honrava tomando-lhe os pés e examinando-os cuidadosamente durante as paradas.

Foi lindo o dia de corrida, rumo ao cânion, através de Sheep Camp; passaram em Scales por meio de geleiras e abismos de trinta metros de profundidade; e galgaram o Chilcoot Divide, que fica entre a água salgada e a água doce, guardando como sentinela o triste e solitário Norte. Tiveram, montanha abaixo, um pedaço fácil, que ladeava a série de lagos formados nas crateras dos vulcões extintos, e tarde da noite chegaram ao grande acampamento junto ao lago Bennett, onde milhares de garimpeiros construíram botes para enfrentarem a ruptura do gelo na primavera. Buck fez o seu buraco na neve e dormiu o sono do justo exausto, mas foi tirado da cama antes de a manhã romper para a corrida do dia seguinte.

Nesse dia, o trenó fez sessenta e quatro quilômetros, porque a trilha estava bem-batida. Nos dias subseqüentes, porém, tiveram de afastar-se da trilha e romper por si mesmos o caminho na neve, com muito mais trabalho e rendimento muito menor. Em regra, Perrault caminhava na frente do veículo, amassando a neve com os patins para facilitar a marcha dos cães. François seguia atrás. Perrault era apressado e gabava-se do seu conhecimento do gelo, dando grande valor a isso numa época do ano em que o gelo começava a tornar-se quebradiço.

Dias e dias Buck mourejou[11] nos tirantes[12]. Levantavam acampamento ainda com o escuro, de modo que as primeiras luzes da madrugada os fossem encontrar vários quilômetros à frente. E sempre acampavam depois do cair da noite; comiam apressados a ração de peixe e, sem delongas, cavavam a neve para abrir suas camas. Buck sentia-se faminto. Os setecentos gramas de salmão seco que recebia não davam para lhe matar a fome. Jamais comia a contento e jamais deixou de sentir os aguilhões da fome. Os outros cães, no entanto, mais

---

[11] Mourejar: trabalhar muito, sem descanso.
[12] Tirante: cada uma das correias que prendem um veículo aos animais que o puxam.

adaptados àquela vida, ainda recebiam menos – quatrocentos gramas só, e mostravam-se perfeitamente em condições.

Buck breve perdeu o enfastiamento que o caracterizara em sua fase de vida preguiçosa. Se comia à moda antiga, sem pressa, os companheiros acabavam primeiro e vinham disputar-lhe o resto da ração. E não havia como defendê-la, pois enquanto se atracava com um, o peixe desaparecia no bucho dos outros. Para remediar isso, tinha de comer tão depressa quanto os demais. Aquela fome acumulada e não saciada destruiu-lhe o escrúpulo de tomar o que não lhe pertencia. Buck era um inteligente observador. Vendo Pike, um dos cães novos e hábil ladrão, furtar do trenó um naco de toicinho defumado num momento em que Perrault voltara as costas, resolveu fazer o mesmo e, no dia seguinte, conseguiu fugir com a posta inteira. O barulho causado por isso foi grande, mas as suspeitas não caíram sobre ele. O castigo recaiu sobre Dub, um cão desastrado que nada fazia bem-feito.

Esse primeiro furto demonstrou a aptidão de Buck para sobreviver no ambiente hostil das terras do Norte. Denunciou a sua flexibilidade, a sua capacidade de ajustar-se a condições sempre variáveis, pois o animal não dotado dessa capacidade perecia inevitavelmente. Também mostrava a rapidez com que se ia desfazendo de princípios morais, coisas vãs e inúteis na impiedosa luta pela vida. Funcionavam muito bem na Califórnia, sob o império da lei do amor e da camaradagem; no Norte, sob o regime da lei do porrete e do dente, quem os conservava era um louco de perdição irremediável.

Buck não raciocinava assim. Nascera apto e instintivamente acomodava-se ao modo de vida possível ali. No passado, jamais fugira a uma luta; mas o porrete do homem de blusa de lã vermelha lhe ensinara um novo código de vida, mais rude, mais primitivo. Lá na civilização, Buck teria morrido por amor de uma consideração moral, como era, por exemplo, o chicote de montar do juiz Miller; agora que se descivilizava, aprendia a fugir do chicote para salvar a pele. Não furtava por prazer, abertamente; furtava secretamente e com astúcia, sempre de olho no porrete e nos dentes. Em resumo, seguia sempre o caminho mais fácil.

Seu desenvolvimento (ou regressão) foi rápido. Os músculos tornaram-se-lhe de aço, e sua resistência sobrepujava as maiores dores. Buck aperfeiçoava-se, apurava-se nos costumes, e também organicamente. Aprendera a comer todo tipo de coisas, por mais repugnantes ou indigestas que fossem, e uma vez que estivessem em seu estômago, suas vísceras extraíam delas até as mínimas partículas aproveitáveis. E o sangue distribuía essas partículas pelo corpo inteiro de modo a consolidá-lo nos mais resistentes tecidos.

Sua vista e seu faro tornaram-se de grande acuidade, e o ouvido desenvolvera-se a ponto de que o mais diminuto som lhe permitia imediatamente saber se havia perigo ou não. Buck aprendeu a esfarelar o gelo de entre seus dedos quando ali se cristalizava e também, quando ia beber e havia crosta de gelo escondendo a água, a quebrá-la com movimentos enérgicos das patas traseiras. Seu traço mais notável era a capacidade de farejar à noite o ar e prever a vinda dos ventos antes que o menor sinal de sua aproximação fosse notado. Por mais imóvel que estivesse o ar, quando Buck escavava a sua cama, o vento que mais tarde sobrevinha sempre o apanhava de sotavento[13], o que o deixava protegido.

---

[13] Sotavento: lado oposto àquele de onde sopra o vento.

E não só aprendia por experiência própria como também por influência de velhos instintos aparentemente mortos, mas na realidade simplesmente adormecidos no fundo do seu ser. A série de gerações domesticadas de que procedia começava a desaparecer. Vagamente Buck recordava-se das eras primitivas, do tempo em que os cães selvagens vagavam pelas florestas aos bandos, caçando para viver.

Não lhe foi difícil aprender o sistema de luta dos lobos – golpe rápido e pulo para trás – porque o encontrava dentro de si. Daquele modo lutaram todos os seus antepassados esquecidos. Com a ressurreição dos antepassados dentro dele, seus truques de guerra também surgiam nítidos.

Vinham-lhe sem nenhum esforço, como se estivessem apenas cobertos duma bola de neve a derreter-se. E quando nas geladas noites árticas levantava o focinho para uma estrela e uivava à maneira dos lobos, Buck fazia-se a imagem perfeita dos antepassados selvagens que, séculos e séculos atrás, saudavam daquele modo as estrelas. A cadência dos seus uivos era a mesma cadência dos cães selvagens, a cadência que diz da mágoa, da tristeza, do silêncio, do frio e da escuridão.

E assim foi emergindo das profundezas do seu íntimo ancestral o velhíssimo uivo de dor e saudade da espécie, tudo isso porque o homem havia encontrado um metal amarelo nas regiões frias do Alasca e porque os salários do jardineiro Manuel não eram suficientes para sustentar sua gente e também o vício do jogo.

Capítulo III
O cão primitivo

O cão primitivo que hibernava dentro de Buck, adormecido por longo período de civilização, começou a ressurgir ao contato da vida feroz que cercava a trilha. Mas era um ressurgimento secreto. Sua astúcia, cada vez mais apurada, servia de contrapeso e controle. Buck andava muito ocupado em adaptar-se à nova vida para sentir-se à vontade, e não somente evitava lutas, como as recusava em absoluto sempre que possível. Havia algo de deliberado na sua atitude. Nenhum pendor para a ação precipitada, insuficientemente madura; e no seu ódio cada vez maior a Spitz não traía a mínima intenção de vingança, a mais leve impaciência de romper a ofensiva.

Do outro lado, possivelmente porque adivinhasse em Buck um perigoso rival, Spitz nunca perdia o ensejo de lhe mostrar os dentes. Chegava mesmo a levantar-se de onde estava para ir provocá-lo, na ânsia de ver travada uma luta que só teria fim com a morte de um ou de outro.

Essa luta de morte ter-se-ia travado bem no começo da viagem se não fosse um imprevisto acidente. Certo dia, acossada pelo mau tempo, a caravana acampou em lamentável estado na praia do lago Le Berge. Um vento cortante como facas em brasa e carregado de neve forçara-os a deterem-se às apalpadelas e a procurar às cegas um ponto de pouso. Não poderiam escolher pior lugar. Às suas costas ficara uma muralha de rocha a prumo, e Perrault e François tiveram de acender o fogo e estender suas cobertas exatamente sobre a crosta de gelo do lago. A tenda fora deixada no Dyea para não sobrecarregar com muito peso o trenó. Uns poucos pedaços de paus secos, que a água lançara à praia na última primavera, permitiu-lhes uma fogueira infeliz, que derreteu o gelo e afundou, deixando-os no escuro em meio do jantar.

Rente à muralha de pedra, Buck abriu o seu buraco de dormir. Tão confortável e quente lhe saiu essa cama que o cão não teve ânimo de erguer-se quando François distribuiu o peixe, depois de o descongelar nas chamas da fogueira. Mas era preciso comer e levantou-se. Ao voltar encontrou seu ninho ocupado, e um rosnido, que logo reconheceu, advertiu-o de que era Spitz o invasor. Até aquela data Buck havia sistematicamente evitado qualquer choque com o seu inimigo, mas aquilo era demais. O cão primitivo que ia emergindo nele bufou de ódio e fê-lo arrojar-se contra Spitz numa tal fúria que surpreendeu a ambos e sobretudo a Spitz, cuja experiência apenas lhe dizia que Buck era tímido e que faria de tudo para evitar a luta com um animalão como ele.

François também se surpreendeu ao ver os dois corpos engalfinhados surgirem do ninho desfeito. Adivinhou logo a causa da briga.

– Aí! – gritou para Buck. – Dá-lhe uma lição, por Deus! Dá com força nesse ladrão imundo!

Spitz estava fora de si. Rosnava com fúria sem precedentes ao descrever círculos para calcular o bote. Buck, não menos cauteloso, também girava sobre si com a mesma intenção. Foi nesse momento que o imprevisto interveio, adiando para o futuro aquele duelo pela supremacia – para depois de muitos e muitos quilômetros de penosa marcha na trilha.

Uma praga de Perrault, o som duma pancada de porrete num corpo e um grito de dor distraíram a atenção dos lutadores. O acampamento fora repentinamente invadido por vultos peludos – *huskies* famintos às dúzias, talvez uma centena, que de alguma aldeia de índios próxima haviam farejado os viajantes. Aproximaram-se de rastros, enquanto Spitz e Buck estavam em luta e, quando os dois homens se atiraram contra eles a valentes porretaços, arreganharam os dentes e ficaram na defesa. O cheiro de peixe os havia enlouquecido. Perrault apanhou um com a cabeça dentro do saco de mantimentos. Seu porrete caiu violentamente sobre aquele ripado de ossos, derrubando-o. O conteúdo do saco espalhou-se. Imediatamente vinte famintos atiraram-se ao pão e ao toicinho revelado. Os porretes trabalharam com força, mas a fome os tinha insensibilizado. Urravam e gemiam sob a chuva de golpes, mas ferozmente disputando entre si a comida, e devoraram-na até a derradeira migalha.

Nesse meio tempo, os cães do trenó, assustados, saíram de seus ninhos de neve para, por sua vez, serem atacados pelos invasores. Buck jamais tinha visto cães assim. Parecia que os ossos estavam prestes a lhes furar o couro. Puros esqueletos com pele enrugada por cima – e aqueles dois olhos de fogo pairando sobre os dentes arreganhados. A fome extrema, porém, fazia dessas criaturas inimigos terríveis. Impossível opor-lhes resistência. Buck viu-se atacado por três, que num ápice lhe lanharam fundo a cabeça e os ombros. O tumulto era ensurdecedor. Billie chorava de medo, como sempre. Dave e Sol-leks, com o sangue a derramar-se de vinte feridas, batiam-se lado a lado heroicamente; Joe atacava com fúria de demônio. Quando metia os dentes na perna dum *husky* era para atravessá-la de lado a lado. Buck apanhou um inimigo pela garganta e teve o focinho respingado de sangue, quando a veia jugular se rompeu. O gosto quente daquela vida líquida embebedou-o de fúria e Buck atirou-se a outro. Nesse momento sentiu que o apanhavam pela garganta. Era Spitz, o traidor.

Perrault e François, depois de varrerem a porrete os assaltantes do trenó, correram em socorro do grupo atacado. A onda de famintos recuou de diante deles e Buck viu-se livre. Mas só por um momento. Os dois homens voltaram para o trenó, que fora novamente atacado pelos cães famintos dali afugentados. Mal chegaram lá, os invasores voltaram-se de novo contra os cães. Billie, cada vez mais aterrorizado, fugiu com quantas pernas teve pelo gelo afora. Pike e Dub o imitaram. Vendo aquilo, o grupo inteiro debandou. Buck ia fazer o mesmo, quando sentiu atrás de si o seu rancoroso inimigo denunciando intenção evidente de dar cabo dele. Se caísse, com aquela multidão de *huskies* atrás de si, não haveria salvação. A astúcia o salvou. Numa fuga rápida de corpo escapou ao bote de Spitz e pôde livremente juntar-se aos outros cães que fugiam por cima do lago gelado.

Os cães conseguiram salvar-se abrigados na floresta. A perseguição cessara. Mas o estado de todos era lamentável. Não existia um que não estivesse ferido em cinco, seis lugares, alguns gravemente. Dub tinha uma das pernas traseiras em miserável estado. Dolly, o último cão alistado na equipe, mostrava a garganta rasgada. Joe perdera um olho, e o bondoso Billie, com uma orelha em tiras, passou a noite a chorar lamentosamente.

Ao romper do dia, voltaram manquejantes ao acampamento já limpo de invasores. Encontraram os homens furiosos. Metade das provisões se perdera. Os *huskies* famintos tinham comido até os arreios e trelas do trenó. Nada do que era mastigável lhes escapara dos dentes. Devoraram um par de mocassins de Perrault, várias rédeas e três palmos do chicote de François.

Os dois homens contemplaram de coração confrangido os cães destroçados.

– Ah, meus amigos! – murmurou François, tomado de apreensões. – Bom será que não fiquem todos hidrófobos. São traiçoeiras essas mordidas de cães famintos. Que acha, Perrault?

O canadense meneou negativamente a cabeça. Com setecentos quilômetros de trilha pela frente dali à cidade de Dawson ele não podia admitir que a loucura irrompesse entre seus cães. Duas horas de pragas e blasfêmias espirraram fora a raiva dos dois homens enquanto consertavam os arreios e recompunham o restante como era possível. O escangalhado grupo foi posto em forma e logo em marcha e seguiu com dificuldade, justamente na parte mais dura, áspera e agreste da trilha para Dawson.

Encontraram aberto o rio Thirty Mile. Suas águas rugidoras desafiavam o congelamento e somente nos recôncavos e nos poços parados o gelo conseguia formar-se. Seis dias de trabalho exaustivo foram necessários para cobrir aqueles terríveis cinquenta quilômetros. Terríveis porque cada palmo era vencido com risco de vida para os homens e para os cães. Por doze vezes Perrault, que puxava o trenó, caiu em buracos formados pela quebra súbita do gelo aos seus pés, e o que o salvou foi a comprida vara que carregava sempre e que o mantinha em suspenso. Mas esses mergulhos o enregelavam com a sua temperatura de cinquenta graus abaixo de zero, e forçavam-no a avivar o sangue em fogueiras rapidamente acesas, nas quais também secava a roupa.

Nada, porém, lhe quebrantava o ânimo, e justamente por isso fora escolhido como o correio do governo do Canadá. Perrault enfrentava todos os perigos, resolutamente metendo o rosto magro pelo glacial afora, da manhã à noite. Ladeava a orla de praias ameaçadoras, onde o gelo estalava sob os pés e não havia como fazer paradas. Em certo momento o trenó afundou numa súbita ruptura do gelo, arrastando consigo Dave e Buck. Foram retirados semicongelados e semiafogados. Uma fogueira acesa às pressas os salvou. Tinham o corpo revestido de uma camada de gelo, para a fusão da qual os homens tiveram de mantê-los perto das chamas a ponto de lhes chamuscar o pelo em muitos lugares.

Em outro mau passo Spitz afundou, arrastando consigo o grupo inteiro, exceto Buck, que, firme nas patas de aço, sustentou todo o peso durante alguns momentos; atrás, Dave o secundou e isso permitiu que Perrault e François salvassem o resto dos cães.

Mais além, o gelo rompeu-se adiante e atrás, numa trilha estreita que tinha de um lado o precipício e de outro a escarpa vertical. Perrault teve de escalar a escarpa. Era um milagre que François, de mãos postas, pedia aos céus que se realizasse. Com o auxílio de todas as correias e rédeas disponíveis, os cães foram içados um a um e, depois, com o auxílio deles, o restante do equipamento. François subiu por último. E lá no topo da rocha o problema imediato foi a descida num ponto adiante, sempre com a ajuda das correias. Quando a noite sobreveio, verificaram ter avançado naquele dia apenas algumas centenas de metros.

A equipe estava em más condições; mas, para reconquistar o tempo perdido, Perrault começava ainda mais cedo o dia e o encerrava mais tarde. No primeiro dia de jornada pelo Hootalinqua foram vencidos sessenta quilômetros, o que lhes permitiu alcançar o Big Salmon; no segundo, outros sessenta; depois, setenta; e puseram-se no rumo das Five Fingers.

As patas de Buck não eram tão rijas quanto as dos *huskies*. Vieram sendo destemperadas durante gerações e gerações, a partir do dia em que o seu último antepassado selvagem fora domesticado por um peludo homem das cavernas, lá no princípio dos tempos. Daí o manquejar todo o tempo e o cair, logo que acampavam, como um corpo morto cai. Faminto como vivia, não se levantava sequer para tomar a sua ração de peixe. François tinha de trazê-la para Buck.

O canadense também lhe friccionava as patas por meia hora cada noite depois do jantar, chegando a ponto de sacrificar parte do cano dos seus mocassins para calçar as patas do seu amigo. Aquilo trouxe para Buck um grande alívio, e o rosto severo de Perrault não pôde deixar de repuxar-se num sorriso, certa manhã em que François esqueceu de lhe calçar os sapatos; na hora de partir, o cão deitou-se com as quatro patas para o ar, recusando-se a seguir descalço. Com a continuação daquele tratamento, suas patas sararam e os sapatos já rotos foram abandonados.

No rio Pelly, certa manhã, enquanto estava recebendo os arreios, Dolly, que nunca se notabilizara por coisa nenhuma, enlouqueceu subitamente. Anunciou a loucura por meio dum uivo de lobo lamentosíssimo, que fez arrepiarem-se os pelos de todos os cães; depois lançou-se contra Buck.

Buck jamais havia visto um cão hidrófobo, nem tinha razões para temer a hidrofobia. Apesar disso, espantou-se e fugiu em pânico. Fugiu perseguido por Dolly cuja boca lhe espumejava atrás à distância dum pulo; mas Dolly não pôde alcançá-lo, tão grande era o terror de Buck, nem cessou de persegui-lo, tão forte era a sua loucura. Buck mergulhou na floresta, atravessou-a, cruzou um canal de gelo quebrado que separava a ilha de uma outra, ganhou uma terceira ilha, dobrou em direção ao rio e em desespero de causa atirou-se na água. Durante todo o tempo, embora não pudesse vê-la, sentia Dolly na retaguarda e sempre a pequena distância. François, que tomara por um atalho, encontrou-o ainda a correr, sempre à distância dum pulo da perseguidora, e ouviu-lhe um uivo-gemido no qual havia fé de que o homem o salvasse. François ergueu o machado e, mal Buck passou, desferiu um golpe certeiro na cabeça de Dolly, esmagando-a.

Buck aproximou-se do trenó com o corpo trêmulo, exausto, num ofegar de quem está nas últimas. Era a oportunidade de Spitz. O líder do grupo lançou-se sobre ele e, por duas vezes, seus dentes cravaram-se no inimigo incapaz de reagir, varando as carnes até o osso. Mas o chicote de François sibilou no ar, dando a Buck a satisfação de ver o seu inimigo receber a maior surra que jamais castigou um cão de trenó.

– Um demônio, esse Spitz – observou Perrault. – Qualquer dia ainda mata o pobre Buck.

– São dois os demônios; Buck não é o menor – replicou François. – Quanto mais o observo mais o admiro. Ouça:

qualquer dia Buck perde a paciência e masca a alma de Spitz como quem masca neve. Quem viver verá.

A partir desse dia, a guerra entre os dois cães foi declarada. Spitz, o líder reconhecido pelo grupo, sentia que a sua posição estava ameaçada pelo cão do Sul. E nada mais estranho que isso, porque dos muitos cães do Sul com que se encontrara na vida, nenhum valeu alguma coisa, tanto em acampamentos como na trilha. Eram em regra moles, incapazes de trabalho duro, fracos diante do frio e da fome. Buck era o contrário. Aguentava tudo e enrijecia-se; crescia em asselvajamento, força e astúcia. Era, portanto, um líder em formação, e o que o fazia excepcionalmente perigoso era o fato de que o porrete do homem de blusa de lã vermelha o limpara de coragens inúteis e loucas. Dele só viriam golpes infalíveis. Seus infinitos de astúcia e paciência denunciavam a ressurreição completa do cão primitivo.

Era inevitável o choque para a disputa da supremacia. Buck a desejava. Queria-a por influência de sua natureza; queria-a por estar empolgado pelo indizível orgulho da trilha e do arreio – orgulho que atém os cães no trabalho até o último alento de vida e os leva a morrer contentes no emaranhado de cordas ou a enlanguecer de coração partido se delas são tiradas. Era esse o orgulho de Dave, como cão de coice, e o de Sol-leks, como cão instrutor: o orgulho que os impedia de desertar e os transformava de azedos, casmurros e tristes brutos em ardentes tiradores do trenó. O orgulho que os esporeava o dia inteiro e os punha tristes quando, ao chegar a um acampamento, eram desatrelados. O mesmo orgulho instigava Spitz, fazendo-o castigar os cães que erravam no serviço, que se esquivavam da tarefa ou se escondiam de manhã na hora da atrelagem. Nada mais natural, portanto, que esse orgulho levasse o líder do grupo a recear a competição de Buck no comando da matilha.

E a habilidade e astúcia do seu rival estavam ameaçando a sua posição. Buck deliberadamente interpunha-se entre o líder e os esquivos. Certa noite, quando a neve caía pesado, Pike, um dos que costumavam fingir-se de doente, não apareceu; deixou-se ficar no calor tépido da sua bola de neve. Inutilmente François gritou por ele. Spitz encheu-se de cólera. Correu o campo farejando e desfez com as patas cada montículo suspeito, e rosnava tão feroz que Pike, lá no seu buraco, tremeu de medo.

Mas, quando descobriu o manhoso e avançou para castigá-lo, Buck interpôs-se. Tão repentino fora aquilo e tão habilmente feito que o velho líder não pôde resistir ao tranco de ombros que o revirou de costas. O abjeto pavor de Pike evaporou-se instantaneamente para ceder lugar a um inacreditável assomo de audácia, e, com o coração a agitar-se de revolta vingativa, projetou-se de salto para cima do líder caído. Buck fez o mesmo. Não havia mais por que jogar limpo; o código da lealdade desvanecera-se da sua moral. Vencer era o objetivo único, fosse por que meio fosse. Mas François, a rir-se do incidente, interferiu com o seu chicote. Golpes que ardiam como fogo impediram Buck de agarrar o inimigo por terra e permitiram que Spitz se levantasse e castigasse severamente o temerário e duplamente criminoso Pike.

Nos dias que se seguiram, e à medida que se aproximavam de Dawson, Buck prosseguiu na sua sistemática interferência entre Spitz e os faltosos; fazia-o agora, porém, com o máximo de cautela e só quando não via François por perto.

Essa atuação solerte[14] deu origem a uma geral insubordinação. Dave e Sol-leks não alteraram a sua conduta, mas o resto da matilha passou a comportar-se perigosamente e cada dia pior. Nada mais andava direito. Eram contínuas as disputas e os amotinamentos. E no fundo de todas as desordens estava sempre Buck. Isso redobrava o trabalho de François, sempre apreensivo com aquela rivalidade destinada a acabar em luta de morte. Mais de uma noite teve de saltar fora das cobertas para acudir a brigas, na suposição de que fosse o esperado e temido encontro.

A oportunidade, entretanto, não se apresentou naquela viagem, e o trenó chegou a Dawson em uma tarde sombria, com o duelo transferido para outra ocasião. Lá Buck encontrou inúmeros homens e cães, atarefados no trabalho como formigas. Compreendeu que era da ordem das coisas que os cães trabalhassem duro. Todos os dias observava-os subir e descer a rua principal atrelados em grandes equipes; de noite ouvia o sonido dos cincerros[15]. Os cães puxavam trenós carregados com madeira de construção ou lenha, transportavam mercadorias para acampamentos de mineradores; faziam em suma todo o trabalho que no vale de Santa Clara era da atribuição dos cavalos. De quando em vez encontrava algum cão do Sul; mas a maioria era composta de *huskies* selvagens, mestiçados com lobos. Regularmente, a cada noite, às nove, às doze e às três, o coro de uivos lamentosos cortava o silêncio, e Buck tomava-se de estranho deleite.

Com a aurora boreal flamejando fria no céu, as estrelas a entrepiscarem através da neve que caía, e a terra muda e gelada

---

[14] Solerte: diz-se daquele que é manhoso e esperto.
[15] Cincerro: campainha pendurada no pescoço do animal que serve de guia aos outros.

sob o seu algodoado alvíssimo, aquele canto dos cães-lobos soava como o desafio da vida. Entoado em tom menor, porém, com demorados uivos e semissoluços era menos que um desafio – era uma prece. Prece velha como o mundo, antiga como a própria espécie lupina, talvez o primeiro lamentar em canto que a Terra ainda moça ouvira. Esse canto estava agora enriquecido de toda a mágoa e dor e tristeza de incontáveis gerações; era um acúmulo milenar e talvez por isso afetasse tanto o íntimo de Buck. Quando o coro soluçava, era o soluço de seus antepassados das florestas que sua alma ouvia, era o medo daquele mistério do frio e do escuro, o mesmo medo que enchera a alma da sua remotíssima ascendência. E a maneira pela qual o uivo plangente da espécie remexia com Buck demonstrava a rapidez do seu retorno de séculos de civilização aos rudes tempos da vida primeva.

Sete dias depois da chegada a Dawson, o trenó dos canadenses se pôs de novo em marcha pela trilha do Yukon, rumo ao Dyea e ao Salt Water. Perrault levava despachos não mais urgentes que os que trouxera; não obstante sentia-se empolgado pela fúria de conquistar o recorde do ano. Diversas coisas o favoreciam. A semana de descanso passada em Dawson restaurara as forças dos seus cães, e a trilha estava bem batida pelas levas constantes de viajantes. Também a polícia havia organizado em vários pontos depósitos de víveres para cães e homens, além de que o trenó seguia bastante leve.

No primeiro dia alcançaram Sixty Mile – trecho que lhes valeu por um avanço de oitenta quilômetros; no segundo chegaram ao Yukon, no rumo de Pelly. Esse esplêndido desempenho, porém, não foi conseguido com facilidade. A insidiosa revolta alimentada por Buck havia destruído a solidariedade do grupo. O estímulo que ele dava aos rebeldes impelia-os a toda sorte de pequenas irregularidades. Spitz já não era o líder indiscutível e cegamente aceito. O pânico que inspirara durante tanto tempo desaparecera, e todos agora desafiavam o seu comando. Pike chegou a roubar-lhe metade da ração de peixe, certa noite, e comeu-a a salvo, sob a proteção de Buck. Outra vez Dub e Joe resistiram a Spitz, fazendo-o desistir da punição a que ambos tinham feito jus. O próprio Billie, sempre tão cordato, estava mudando; já não chorava com a frequência antiga, nem no mesmo tom. Buck nunca passava por Spitz sem rosnar e arrepiar-se ameaçadoramente. Arrogantemente bravateava às claras, bem no focinho do velho líder.

O afrouxamento da disciplina de igual modo afetou as relações dos demais cães entre si. Disputavam com frequência, de modo a tornar o acampamento um inferno. Apenas Dave e Sol-leks se conservavam os mesmos, embora cada vez mais irritados com as intermináveis disputas.

François praguejava as suas piores pragas, batia os pés com frenesi, arrancava os cabelos. Seu chicote vivia sibilando em cima dos cães, sem que nada conseguisse. Mal virava as costas, o tumulto momentaneamente serenado prosseguia. François sustentava com o chicote a autoridade de Spitz – mas Buck apoiava espertamente a indisciplina do resto do grupo. O canadense bem que sabia disso, e o cão sabia que o canadense sabia; mas a habilidade de Buck já estava muito apurada para deixar-se apanhar. Trabalhava lealmente sob os arreios porque a faina já se tornara um puro deleite para ele; deleite maior, porém, era provocar brigas entre os seus companheiros e ver a desordem interromper a marcha do trenó.

Certa noite depois do jantar, na embocadura do Tahkeena, Dub atacou uma lebre-alpina, e errou o bote. Instantaneamente a matilha inteira rompeu num coro de latidos. Cem metros adiante ficava um posto da polícia, de onde cinquenta cães despertados vieram juntar-se à corrida. A lebre voou rio abaixo e meteu-se por um riacho afluente de superfície congelada.

Deslizava apenas sobre a neve, enquanto os cães, pesadões, nela enterravam as patas. Buck, na chefia de um bando aí duns sessenta caçadores, não conseguia alcançar a lebre. Avançava latindo ansioso, estirado, como um esplêndido projétil que segue aos arrancos de pulo em pulo sob a claridade morta do luar. Mas pulo a pulo também, qual tufo de neve viva, a lebre varava na frente.

O velho instinto que periodicamente leva às florestas pacatíssimos homens das cidades a fim de, por meio de fragmentos de chumbo propelidos quimicamente, darem expansão à alegria de matar, ressurgia em Buck, infinitamente mais forte, porém. Corria eufórico na frente do bando caçador; corria frenética e selvaticamente na pegada da coisinha viva, para matá-la entre os dentes e embriagar o focinho e os olhos no sangue tépido.

Era um êxtase supremo acima do qual a vida não sobe. Esse clímax, esse êxtase só sobrevém quando a criatura está no apogeu da vida, e é tão intenso que a criatura esquece a sua própria vida. O mesmo êxtase, o mesmo esquecer-se de si do artista quando a inspiração o embebeda, ou do soldado quando na batalha combate sem trégua o inimigo. Para Buck, a chefia do bando vinha como ressurreição da fúria com que os seus ancestrais lobos voavam na pista das coisas que viviam e nas quais bebiam vida. Toda a sua natureza interior ressoava, sobretudo nos fundamentos mais remotamente soterrados e de raízes mais diretas no útero do tempo. Sentia-se dominado por um incoercível repuxo de vida, maré montante do existir, a alegria perfeita de cada músculo em separado, de cada junta, de cada nervo vivíssimo de vida e a expressar-se em movimento, em esforço, em ímpeto naquele arremesso de bala viva sob as calmas estrelas brilhantes no alto. Todo ele era uma explosão de vida dentro da gelada morte ambiente.

Spitz, porém, frio e calculista ainda nos momentos mais eufóricos, abandonou a matilha e se escondeu, de modo a esperar a lebre adiante, num ponto de passagem forçada. Inebriado com a corrida, Buck nada percebeu; de repente, viu saltar na pista um vulto que lhe tomou a dianteira. Era Spitz. A presa não teve como escapar. Foi agarrada por aqueles furiosos dentes brancos e sacudida no ar. Ao ouvirem-no desferir o grito de agonia, o grito da carne esmagada de que a vida se despega, a matilha inteira irrompeu num uivo de vitória e deleite.

A matilha inteira, exceto Buck. Buck havia se lançado contra Spitz num tal ímpeto que por excesso de impulso perdeu o bote no pescoço. Rolaram ambos sobre a neve solta. Spitz pôs-se de pé instantaneamente e rasgou o ombro do rival num golpe, saltando de lado à moda dos lobos. Duas vezes seus dentes abocanharam como mandíbulas de aço, e seu focinho arreganhou-se naquele repuxar de beiços que sorriem.

Buck sentiu chegado o momento supremo da vida ou da morte. Ao rodearem-se rosnantes e arreganhados, agudamente atentos às menores vantagens, a cena pareceu-lhe como algo familiar. Era como se lembrasse de tudo – das florestas brancas, do luar, do arrepio das batalhas. As silenciosas brancuras envolventes tinham uma calma de sonho. Nem o menor murmúrio no ar – nada a mover-se, nenhuma agulha de pinheiro a estremecer. A expiração dos cães tornava-se visível no ar gelado. O coelho já havia sido tragado por aqueles semilobos que agora se reuniam em redor dos lutadores num círculo atento de expectativa. Guardavam profundo silêncio; seus olhos brilhavam, e o fumegar dos bafos envolvia-os em um vapor difuso. Para Buck, nada de estranho naquela cena dos velhos tempos – era como se sempre houvesse sido assim.

Spitz sabia lutar. Um mestre. Do Spitzberg, através do Canadá até aquela região ártica, viera dominando todos os adversários encontrados e consolidando a sua supremacia. Ódio intenso o invadia, mas não ódio cego. Na fúria de espedaçar e destruir o inimigo, não se esquecia de que a mesma fúria animava o adversário. Nunca dava um bote sem a segurança de estar preparado para revidar com outro. Sabia que antes do ataque tinha de assegurar a defesa.

Em vão Buck se esforçava para cravar os dentes no pescoço do cão branco. Sempre que suas presas avançavam encontravam pela frente as presas do adversário. Era canino a bater contra canino; os beiços de Buck sangravam já sem que ele conseguisse romper a defesa perfeita. Em certo momento, redobrou a intensidade do ataque e envolveu Spitz numa roda de investidas fulminantes. Vezes e vezes atacou na garganta, a parte onde a vida pulsa mais à superfície; de todas, porém, Spitz revidou e escapou. Buck então simulou um bote à garganta e, variando, substituiu esse golpe por um tranco de ombro, com o intento de revirar o inimigo. Ao contrário disso, só conseguiu novo rasgão na carne – Spitz ferira-o e pulara em guarda.

O líder permanecia intocado, ao passo que Buck, bastante ferido e perdendo muito sangue, já ofegava com o esforço. A luta se tornava desesperada. Em redor, num trágico silêncio, a assembleia aguardava o fim para a festa no cadáver do vencido.

Buck, entretanto, possuía a mais sobre seu adversário uma qualidade grandiosa – imaginação. Lutava sob o comando dos velhos instintos, mas também lutava com a cabeça. Em dado momento, atacou como repetindo manobra já feita, tranco no ombro; súbito, mergulhou a cabeça e ferrou a perna esquerda de Spitz. Ouviu-se um estalar de ossos partidos e o cão branco deixou de firmar-se sobre as quatro patas. Mesmo assim Buck não conseguiu derrubá-lo. Repetiu então o truque e atacou e moeu-lhe a perna direita. Apesar da dor, Spitz, num esforço desesperado, lutou por manter-se de pé. Via de relance o silencioso e atento círculo de vultos de olhos cintilantes e línguas pendentes. O mesmo círculo que tantas vezes, no passado, vira fechar-se em torno dos seus adversários vencidos. Desta vez, porém, os olhos fixavam-se nele e não mais num rival.

Foram-se as esperanças de Spitz. Buck mostrava-se inexorável. Misericórdia era sentimento deixado para trás, lá nas terras quentes do Sul. Assim foi que manobrou para o golpe final. O círculo se fechara a ponto de ele sentir na pele o calor do bafo da assistência. Via os olhos circulares cada vez mais cintilantes, cada vez mais gulosos; via-os à direita e à esquerda e pela frente, lá adiante de Spitz; via os vultos semiagachados, prontos para o pulo estraçalhador do vencido.

Houve uma breve pausa. Imobilizaram-se todos numa rigidez de pedra. Unicamente Spitz estremecia e arrepiava-se nos últimos arreganhos, como para afastar de si a morte pressentida. E então Buck precipitou o desfecho; lançou-se com um tranco final de ombro – e o círculo de cães fechou-se num bolo agitado. Spitz desapareceu.

Buck, de pé, olhava. Era o campeão, o vitorioso primordial, o velho lobo renascido que matava e se regozijava da matança.

Capítulo IVj
O vencedor

— E então? Que foi que eu disse? Eu estava adivinhando que em Buck havia dois diabos num só corpo.

Foram as palavras de François no dia seguinte, quando não viu Spitz reaparecer e notou os muitos ferimentos de Buck. Puxou-o para perto da fogueira para o examinar.

— Spitz lutou como um demônio — advertiu Perrault, depois de concluído o exame.

— E este, como dois demônios — acrescentou François. — A coisa agora vai endireitar. Não mais Spitz, não mais revolta. Fique certo disso.

Enquanto Perrault empacotava o equipamento e carregava o trenó, seu companheiro arreiava os cães. Buck trotou para o lugar de Spitz onde, sem dar atenção ao caso, François colocara Sol-leks, no seu parecer o melhor substituto à mão. Buck, porém, saltou para cima de Sol-leks e o tirou dali com um tranco. O lugar lhe pertencia.

— Eh! Eh! — berrou François batendo palmas. — Olhe para aquilo, Perrault! Buck matou Spitz e apossou-se do seu lugar...

— Sai! Passa fora! — gritou depois para o cão. Mas Buck não lhe deu ouvidos. François puxou-o pelo pescoço e, apesar das suas ameaças, recolocou naquele lugar Sol-leks. O velho *husky* não apreciou a distinção e deu todos os sinais de estar com medo de Buck. François insistiu; mal, porém, voltou as costas, o vencedor de Spitz veio de novo desalojar o líder mal-escolhido.

François encolerizou-se.

– Espere que curo você – gritou e veio de porrete na mão.

A lembrança do homem de blusa vermelha acudiu imediatamente à memória de Buck, fazendo-o retirar-se de má vontade – e não mais atacou Sol-leks quando o viu recolocado no posto de Spitz. Limitou-se a rosnar e arreganhar os dentes a distância, rodeando François; a lição aprendida em Seattle fora muito forte para que a esquecesse.

O canadense voltou a cuidar do atrelamento dos demais cães e ao chegar a sua vez chamou Buck. O cão recuou dois passos. François aproximou-se; Buck manteve a distância. O homem então largou o porrete convencido de que Buck fazia aquilo de medo do castigo. Engano. Não era medo, era revolta declarada; não fugia ao castigo, apenas não desistia do comando. Tornara-se chefe em virtude de leis naturais; como, pois, submeter-se àquela diminuição? Vencera, conquistara seu posto; teria de ser confirmado nele.

Perrault inveio e por quase uma hora o perseguiu, atirando-lhe paus. Buck desviava-se. Pragas irromperam da boca dos dois homens – pragas contra o cão e toda a sua estirpe, desde os mais remotos avós até o último que tivesse um átomo de sangue de Buck nas veias; mas Buck respondeu às pragas e blasfêmias com rosnidos e arreganhos, conservando-se sempre fora do alcance dos homens. Buck não fugia do acampamento; sua resistência dava a entender que, se seu desejo fosse satisfeito – isto é, se houvesse justiça –, ele voltaria ao trabalho espontaneamente.

François sentou-se, coçando a cabeça enquanto Perrault olhava para o relógio e praguejava. O tempo ia passando e já deveriam estar com algumas léguas vencidas. François continuava a coçar a cabeça; por fim voltou-se para o companheiro com ar vencido. Tinham de aceitar a derrota, se é que pretendiam partir. O outro concordou. François foi para onde estava Sol-leks e chamou Buck mais uma vez. O cão riu-se como os cães riem-se, mas não se aproximou. François desatrelou dali Sol-leks e o colocou atrás, no posto que sempre ocupara. Estava pronto o trenó para a partida com um único arreio vago – o da frente – o de Spitz. François chamou de novo Buck, que sorriu e não se aproximou.

– Largue o porrete – sugeriu Perrault, vendo que o companheiro estava armado. François assim fez. Arremessou para longe de si o pau – e então Buck, a rir-se triunfante, trotou a ocupar o posto vago de puxa-fila da equipe. Foi atrelado e o veículo partiu na carreira.

O condutor do trenó não avaliara Buck devidamente ao declarar que eram dois demônios num só cão; Buck ia além. De fato, assumiu o comando e passou a desempenhar suas funções de modo muito superior a Spitz; François viu com espanto que jamais lidara com cão de mais alta inteligência.

Era sobretudo ao estabelecer a lei e fazê-la respeitar que Buck mostrava sua superioridade. Dave e Sol-leks não se incomodaram com a mudança de comando. Nada tinham com aquilo. Para eles, tudo quanto lhes competia fazer era puxar o trenó como melhor o pudessem. Contanto que ninguém se incomodasse com eles, tudo ia bem. Billie, o de boa paz, podia ser liderado por qualquer cão, visto ter nascido obediente. Já o resto do grupo, que se habituara à indisciplina

O vencedor

dos últimos tempos de Spitz, surpreendeu-se com o rigor que o novo chefe impunha.

Pike, que vinha logo atrás de Buck e nunca dava espontaneamente o seu esforço máximo, foi tratado de tal maneira que a partir do segundo dia passou a puxar como nunca em toda a sua vida. Na primeira noite de acampamento, Joe, o neurastênico, recebeu uma punição severa, coisa que nunca lhe acontecera na liderança de Spitz. Buck simplesmente o esmagou com o excesso de peso e o cortou até transformar seus rosnos e arreganhos de ameaça em uivos e gemidos de misericórdia.

O moral do grupo levantou-se imediatamente. A matilha voltava à solidariedade antiga, com o trabalho sendo feito com perfeição, sem um puxar menos que outro ou de modo desarmônico. Na Reek Rapids mais dois cães nativos foram acrescentados ao grupo, Teek e Koona – e a rapidez com que Buck os quebrou encheu François de espanto.

– Nunca houve cão como este – exclamava. – Nunca de nunca de nunca de nunca. Por Deus, que vale mil dólares. Que acha, Perrault?

Perrault concordou com um gesto de cabeça, lembrando que já estavam batendo novo recorde e ganhando avanço diário sobre as melhores médias anteriores. A trilha conservava-se em excelentes condições, bem batida e dura, sem que nenhuma nevasca os viesse atrapalhar. A temperatura caíra a cinquenta abaixo de zero, nisso permanecendo durante a jornada inteira. Os dois homens alternavam-se regularmente na chefia, e o bom comportamento da equipe tornava as paradas raríssimas.

O rio Thirty Mile estava revestido duma crosta de gelo, de modo que cobriram num dia o mesmo percurso que na vinda lhes tomara dez. Depois deram um arranco de quase cem quilômetros, do lago Le Barge às quedas do White Horse. Através do Marsh, do Tagish e do Bennett (mais de cem quilômetros de lagos) voaram tão rápidos que o guia da frente não conseguiu conservar-se em seu posto e veio a reboque na ponta duma corda. Na última noite da segunda semana alcançaram White Pass e deslizaram em declive para o oceano; breve, as luzes de Skaguay e vários navios no porto indicaram o término da viagem.

Foi um admirável recorde. Haviam mantido, numa corrida de duas semanas, a média de sessenta quilômetros diários.

Três dias ficaram ali, a subir e a descer a rua principal de Skaguay, atropelados de convites para drinques, enquanto a equipe se tornava o centro da admiração de todos os condutores de trenós e mais gente entendida em cães. Só foram momentaneamente esquecidos quando três bandidos tentaram limpar a cidade; mas depois que essas criaturas foram picotadas de balas e a paz retornou, voltaram à berlinda. Nesse intervalo vieram ordens oficiais para Perrault e François. Este chamou Buck e abraçou-o e chorou sobre sua cabeça. Foi aquele dia o último em que o cão viu os dois homens. Do mesmo modo que outros, iam ambos desaparecer para sempre da sua vida.

Um mestiço de escocês passou a tomar conta da equipe. Ia iniciar nova jornada, outra vez o cansativo Long Trail[16] para Dawson. Doze novos cães foram agregados à equipe. Não se tratava de um recorde de velocidade com trenó de carga mínima, e sim de transporte de cargas pesadas. As malas postais que traziam de todo o mundo notícias e encomendas para a multidão que se arrojara às regiões árticas haviam-se acumulado.

---

[16] Long Trail era o nome que se dava à jornada de Skaguay (Alasca, EUA) a Dawson (Yukon, Canadá).

Buck não gostou daquilo; não obstante, trabalhou duro, sempre orgulhoso da sua tarefa, à maneira de Dave e Sol-leks, e forçou toda a matilha na boa andadura. Vida monótona, com regularidade de máquina. Um dia exatamente igual a outro. Às mesmas horas do amanhecer os fogos se acendiam, a comida era preparada e a primeira refeição corria regular. Depois, enquanto um homem empacotava o equipamento, outro atrelava os cães – e lá iam eles, uma hora e até mais, antes que o dia rompesse. Ao cair da noite acampavam. A lenha era cortada e trazida; acendia-se a fogueira, carregava-se água, fazia-se o jantar, distribuía-se peixe aos cães. A única novidade das etapas, depois de enchidos os estômagos, era errar por ali uma hora ou duas por entre os cães de outros trenós, uns cento e tantos. Entre eles encontravam-se valentes lutadores; mas como Buck houvesse demonstrado logo a sua superioridade, bastava mostrar os dentes e arrepiar o pelo do pescoço para que os mais atrevidos o obedecessem. A supremacia de Buck era indiscutível.

O seu maior prazer consistia em ficar deitado ao pé do fogo, de cabeça entre as patas e os olhos cheios de sonhos fixos nas chamas movediças. Pensava às vezes na casa do juiz Miller, lá na boa terra sempre beijada de sol; e recordava a piscina, e os seus companheiros, e a Ysabel, e o mexicano pelado e Toots, o japonesinho peludo. Também relembrava o homem de malha vermelha com o seu porrete, a morte de Curly, a grande luta com Spitz e as boas coisas que havia comido ou desejado comer. Buck sentia-se nostálgico. As terras do Sul estavam muito afastadas e já com pouca influência sobre ele. Mais fortes que essas lembranças eram as da sua hereditariedade – lembranças que lhe faziam sentir como familiares coisas que via pela primeira vez. Os velhos instintos (que não passam de memórias dos hábitos dos antepassados) iam um a um revivendo na sua natureza.

Às vezes, enquanto deitado e a sonhar com os olhos nas chamas, aquele fogo lhe parecia outro fogo, e os homens que o rodeavam pareciam outros homens. Eram seres de pernas mais curtas e braços mais compridos, com músculos empelotados de nós. Os cabelos, longos, e os corpos, peludos. O rosto, de testa estreita e inclinada para trás. Emitiam sons estranhos e pareciam ter medo das trevas, pois espiavam constantemente, de mãos crispadas em paus com pedras cortantes amarradas na ponta. Todos nus, com peles de animais jogadas sobre os ombros. Não ficavam de pé, aprumados como os homens de agora, mas inclinados para a frente e com os joelhos dobrados. Tudo neles mostrava a inquietação e o permanente alerta do gato, ou de todos os animais que se sentem rodeados de inimigos invisíveis.

Outras vezes esses homens peludos acocoravam-se diante dos fogos, com a cabeça apoiada nos joelhos, e dormiam. Nessas ocasiões os ombros ficavam ao nível dos joelhos, e as mãos se enclavinhavam por sobre a cabeça, como a defendê-la da chuva com a pelagem dos braços. E em redor da fogueira, a distância, Buck via um círculo de brasas vivas, aos pares, sempre aos pares, que sabia serem olhos de animais de presa. E ouvia o roçar de seus corpos nas ervas rasteiras e todos os rumores que faziam dentro das trevas. E assim sonhando nas margens do Yukon, com os olhos magnetizados pelo fogo, aqueles sons e aquelas visões de um mundo remotíssimo faziam-no arrepiar-se e uivar baixinho, com medo, até que o cozinheiro do campo lhe gritasse: – *Ei, você aí, Buck! Acorda!*

Imediatamente a visão do mundo passado perdia-se, e o mundo real lhe vinha aos olhos; Buck levantava-se, espreguiçava-se e bocejava, como se realmente tivesse estado a dormir.

A jornada foi penosa do princípio ao fim; carga muito pesada e trabalho bastante penoso. Em Dawson não tinham tido o descanso que a última jornada feita exigia. Em vez de dez ou doze dias recompondo as forças, só folgaram três. Estavam magros e rendidos. Mesmo assim, dois dias depois abandonavam as margens do Yukon, rumo a Barracks. Os condutores resmungavam, aborrecidos com a canseira dos cães, e, para piorar a situação, veio a nevasca. Isso queria dizer afofamento da trilha, mais resistência ao deslizar dos trenós e portanto mais esforço requerido na puxada. As matilhas, entretanto, eram de primeira ordem.

Cada noite recebiam sua ração de peixe mesmo antes de os condutores cuidarem de si. Também nenhum homem se recolhia sem primeiramente verificar que todos os cães estavam bem acomodados. A despeito desses cuidados, as reservas de força decaíam. Desde o começo do inverno já haviam coberto dois mil e oitocentos quilômetros, sempre a puxar trenós – e dois mil e oitocentos quilômetros são dois mil e oitocentos quilômetros, mesmo para os cães excepcionalmente fortes. Buck aguentava o esforço e continuava a manter a disciplina, embora também se sentisse extremamente cansado. Billie uivava com absoluta regularidade todas as noites. Joe mostrava-se mais neurastênico do que nunca, e Sol-leks, sempre arredio, não tolerava que se lhe aproximassem, nem do lado cego, nem do outro.

Mas o que padeceu mais foi Dave. Qualquer coisa estava transtornada nele. Triste, irritável, mal acampavam, abria sua cama e recolhia-se. O condutor que viesse trazer-lhe jantar; do contrário não comeria. Libertado dos arreios, imediatamente deitava-se para só se erguer no dia seguinte, na hora de retomar o serviço. Às vezes, durante a jornada, quando sacudido por algum tranco do trenó, ou pelo esforço de arrancá-lo quando emperrava, gemia de dor. O escocês examinou-o sem nada descobrir, e todos os homens mostraram-se interessados no caso. Debatiam a doença de Dave às horas de refeição e à noite, quando fumavam seus cachimbos ao pé do fogo. Depois reuniram-se em conferências. O misterioso doente foi trazido de sua cama e auscultado, apalpado, examinado a fundo. Como exteriormente não mostrasse nenhum osso quebrado nem ferida, concluíram que o seu mal era interno.

Quando alcançaram a estação de Cassiar Bar estava Dave tão fraco que de contínuo caía sob os arreios. O escocês fez uma parada e tirou-o da equipe, pondo em seu lugar Sol-leks. Apesar de doente, Dave ressentiu-se daquilo; rosnou quando destacado dos tirantes e uivou de cortar o coração ao ver Sol-leks no seu lugar. Tinha o orgulho da trilha, não podia admitir aquela degradação.

Quando o trenó se pôs de novo em marcha, Dave seguiu-o de lado, colado em Sol-leks, ao qual atacava de tempos em tempos, na fúria de reconquistar seu posto. O condutor fez o possível para afugentá-lo com o chicote; Dave deu de ombros ao castigo, e o homem, de coração cortado, não teve ânimo de insistir. Dave recusava-se a acompanhar o trenó na traseira; continuava a ladeá-lo, seguindo pela neve fofa, não batida, onde o caminhar se faz exaustivo. Por fim caiu e onde caiu ficou a uivar lamentosamente enquanto a caravana se afastava.

Depois reuniu as últimas forças e lá se foi no rastro do trenó, cambaleante, e conseguiu alcançá-lo numa parada logo adiante. O condutor ordenou um descanso e veio fumar uma cachimbada com o homem da retaguarda, com o qual confabulou. Depois deu sinal de partida. Os cães estiraram as cordas mas o veículo não se moveu. Estavam inquietos e surpresos. O condutor ficou-o mais ainda. Chamou os colegas dos outros trenós para observarem o fenômeno. Dave, metido sob o tirante de Sol-leks, estava no seu posto de sempre.

Seus olhos imploravam que o deixassem ali. O escocês ficou perplexo. Seus camaradas contaram casos de cães que morreram de dor ao serem tirados de serviço – dum serviço que os matava, e o parecer unânime foi que o deixassem ficar. Se estava doente e tinha de morrer, que morresse nos arreios como tão ardentemente desejava. Foi pois novamente colocado em seu lugar e orgulhosamente feliz puxou o trenó como no passado, embora de contínuo gritasse com a dor que sentia lá por dentro. Diversas vezes caiu e foi arrastado, e de uma viu-se colhido pelo trenó, que o machucou num dos quartos traseiros.

Mas Dave aguentou-se nos arreios até o fim do dia e dormiu numa cama arranjada pelo condutor ao pé do fogo. Na manhã seguinte mostrou-se fraquíssimo. No momento da atrelagem, fez um convulsivo esforço para pôr-se de pé e caiu. Mas arrastou-se lentamente para o trenó até colocar-se no seu lugar. Avançava as patas dianteiras, firmava-as na neve e arrastava o corpo alguns centímetros. Suas forças iam chegando ao fim. A última visão que seus companheiros dele tiveram foi a arrastar-se daquela maneira. Depois ainda lhe ouviram os uivos fracos, mas já de longe, quando o trenó penetrou num trecho de floresta.

O Grito da Selva

    Lá a caravana parou. O escocês voltou ao encontro do cão abandonado enquanto os homens interrompiam a conversa. Um tiro de revólver ressoou. Os homens retornaram aos seus trenós apressadamente. Os chicotes silvaram; os cincerros soaram indiferentes e a caravana prosseguiu. Mas Buck sabia, e todos os demais cães sabiam, por que motivo os uivos de Dave tinham cessado.

Capítulo V
O mourejo nos tirantes

Trinta dias depois da partida de Dawson, a mala de Salt Water, puxada por Buck e seus companheiros, chegou a Skaguay. Estavam os cães em tristes condições, exaustos, desmoralizados. O trabalho fora excessivo. Os sessenta e três quilos do peso normal de Buck caíram para cinquenta e dois. Os outros cães, apesar de mais leves, ainda haviam perdido, relativamente, mais peso. Pike, o fingidor de doenças, não teve mais necessidade de simular manqueira: estava realmente, e pela primeira vez, mancando duma perna. O mesmo se dava com Sol-leks, e Dub tinha um ombro luxado.

O pior, porém, eram os pés. Todos os tinham terrivelmente maltratados. O esforço passara da conta e excedera à normal resistência dos músculos das patas. Mas cansaço apenas; não o cansaço que sobrevém dum esforço violento e rápido, e que com algumas horas de repouso passa; cansaço acumulado, que viera se somando naqueles dias sem conta de trabalho contínuo. O poder de recuperação como que se esgotara, e as reservas de energia foram-se todas. Pareciam pés definitivamente gastos para o resto da vida. Cada músculo, cada fibra, cada célula mostrava-se no limite do esgotamento.

Razão havia para tanto. Em menos de cinco meses aqueles cães tinham viajado quatro mil quilômetros, e nos últimos dois mil só gozaram de cinco dias de repouso. Ao chegarem a

Skaguay davam todos mostras de exaustão absoluta. Não podiam sequer suportar o peso dos tirantes.

– Vamos, vamos, meus pobres pés cansados! – dizia pela rua principal da cidade o condutor, procurando encorajá-los. – Este é o último dia. Vamos agora ter um longo descanso.

Os condutores dos trenós realmente esperavam ter um longo descanso. Tinham trafegado dois mil quilômetros com só dois dias de folga, e por mil e um motivos faziam jus e esperavam uma boa parada. Mas era tal o número de criaturas que a ambição do ouro havia despejado no Klondike, e tantas as mulheres e namoradas e parentes deixados para trás, que as malas de correspondência tornavam-se gigantescas. Além disso crescia a correspondência oficial. Da baía de Hudson chegaram cães descansados destinados a substituir os esgotados.

Três dias se passaram durante os quais Buck e seus companheiros puderam verificar como realmente estavam exaustos. Por fim, na manhã do quarto dia, dois homens dos Estados Unidos apareceram, comprando-os por uma ninharia, com arreios e tudo. Esses homens tratavam-se um ao outro por Hal e Charles. Charles era de meia-idade, levemente moreno, olhos fracos e bigodes retorcidos para cima, a esconder uma boca de cantos caídos. Hal era um rapaz de dezenove a vinte anos, sempre de enorme revólver Colt à cintura e uma faca de mato metida na cartucheira. Essa cartucheira constituía-lhe o aspecto mais saliente do físico e atestava sua profunda inexperiência, aliás não muito maior que a do companheiro. Por que motivo homens que desconheciam as terras do Alasca iam se aventurar sozinhos no Long Trail era mistério que desafiava todas as argúcias.

Jack London

O mourejo nos tirantes

Buck ouviu a conversa, viu o dinheiro mudar das mãos desses homens para as do agente do governo e compreendeu que o escocês estava passando a sua vida a outrem do mesmo modo como Perrault e François e vários donos anteriores o tinham feito. Quando com os seus companheiros de equipe foi levado para o acampamento dos novos senhores, Buck teve péssima impressão. Viu uma tenda mal-armada, pratos servidos e não lavados, tudo em desordem; e viu também uma mulher. Mercedes, era como os homens a chamavam. Era mulher de Charles e irmã de Hal.

Buck observava tudo apreensivamente enquanto os homens desarmavam a tenda e carregavam o trenó. Gente incompetente. Gastavam inutilmente esforço por ignorância de método. A tenda fora enrolada numa trouxa três vezes maior do que o usual. Pratos e panelas foram arrumados sujos como se achavam. Mercedes rodeava os homens constantemente, numa tagarelice sem tréguas, a aconselhar, a ralhar. Quando puseram o saco de roupas na frente do trenó, lembrou que devia ser posto atrás; e quando colocado atrás, fechado e amarrado, a moça descobriu mais uma porção de objetos que tinham de ir dentro do saco – e lá tiveram eles de desfazer todo o serviço e reabri-lo.

Dois homens duma tenda vizinha, que observavam aquilo, puseram-se a rir.

– Vocês estão fazendo uma terrível embrulhada, amigos – observou em certo momento um deles. – Não tenho nada com isso, bem sei, mas se fosse vocês eu não levava essa tenda.

Mercedes arregalou os olhos e ergueu as mãos para o céu.

– Que absurdo! Como poderíamos viver durante a viagem sem a nossa tenda?

— A primavera já entrou e não teremos nenhum frio forte por vários meses — explicou o homem.

A moça meneou negativamente a cabeça, e o marido e o outro enfiaram os últimos objetos aqui e ali sobre a montanha em que se transformara o trenó.

— Acha que um trenó assim vai aguentar até o fim do caminho? — observou ainda o homem.

— E por que não haveria de aguentar? — replicou Charles, em tom de quem não estava gostando das observações.

— Está bem, está bem, não se zangue — conciliou o homem, sorrindo. — Eu apenas estava a preveni-los, porque o trenó me parece realmente muito pesado.

Charles virou-lhe as costas e prosseguiu na amarração da carga como melhor pôde. E tudo ficou como o nariz dele.

— Há ainda os cães — advertiu o segundo homem. — Duvido que possam aguentar um dia inteiro de viagem com toda essa montanha nos tirantes.

— Não duvide, não — disse Hal sacudindo no ar o chicote. — Isto os fará puxar direitinho.

E voltando-se para os cães:

— Vamos!

Os cães esticaram os tirantes e conjugaram seus esforços por alguns momentos; depois relaxaram os músculos. Não tinham força para arrancar aquele peso.

— Os vagabundos! — gritou o moço passando a mão no chicote. — Vou já ensinar-lhes como é que se puxa trenó.

Mas Mercedes interferiu, gritando:

— Não, Hal, não faça isso! — e tomou-lhe das mãos o açoite. — Os coitados! Você vai prometer-me que não baterá neles durante a viagem inteira; do contrário não arredo daqui um passo.

— Você entende mesmo muito de cães! – zombou o moço. – Deixe-me agir como convém. Cães são bichos preguiçosos, e sem muito chicote nada se consegue. Todo mundo sabe disso. Pergunte a esses homens.

Mercedes olhou para os homens suplicante.

— Estão fracos e exaustos – disse um dos homens. – Não dão mais nada de si. Não aguentam. Precisam dum longo repouso que lhes restaure as forças. Cão exausto não trabalha.

— Deixem a coisa comigo – murmurou Hal com determinação, e Mercedes emitiu um *oh!* de apiedada censura.

Mas imediatamente mudou, porque era volúvel e muito ligada ao irmão.

— Não faça caso do que diz o homem – sussurrou-lhe. – Você é o condutor do trenó e o que fizer está bem feito.

O chicote de Hal estalou sobre os *huskies*. Todos se estiraram na repetição do esforço conjunto, de pés fincados na neve, mas o trenó permaneceu firme, como preso por invisíveis âncoras. Os cães insistiam no esforço, já ofegantes, enquanto o chicote de Hal açoitava os corpos cansados. De novo Mercedes interferiu. Foi ajoelhar-se diante de Buck e com lágrimas nos olhos abraçou-o pelo pescoço.

— Meu pobre amiguinho – sussurrava a moça carinhosamente – por que não puxa com força? Puxe, para não ser maltratado.

Buck não gostava daquela criatura, mas não lhe repeliu os mimos, tomando-os como parte do trabalho doloroso daquele miserável dia.

Os dois homens tinham-se aproximado, e um deles disse:

— Olhem, a mim pouco se me dá o que aconteça para vocês, estão ouvindo? Mas por amor aos cães direi que na partida de um trenó é preciso que todos ajudem a dar o arranque inicial – os cães e os homens. O trenó que para algum tempo fica soldado no gelo. Não há quem não saiba disso aqui no Norte. Vamos. Ajudem os cães. Empurrem o trenó.

Terceira tentativa foi feita, desta vez como sugerira o homem; graças ao esforço de todos, as sapatas se descolaram do gelo e o trenó partiu pesadamente, impondo aos cães um esforço máximo obtido à custa de chicote.

Cem metros adiante o caminho fazia uma curva em declive que ia ter à rua principal de Skaguay. Era necessário experiência para conduzir ali um trenó carregado daquela maneira – e experiência não havia nenhuma. Mal entrou na curva, a inclinação fez que se afrouxassem os amarrilhos e parte da carga veio por terra. Aquilo aliviou o veículo, e os cães, encolerizados com o mau tratamento, não pararam, antes apressaram a marcha, e depois dispararam, arrastando atrás de si aquela carga em pandarecos. Buck, já tomado de incoercível rebeldia, incitou a disparada. Hal berrava *Hoa! Hoa!*, sinal de alto que nenhum atendia – e o trenó voava aos trancos, já com todo o carregamento espalhado pelo chão. E foi assim que entrou na rua principal da cidade, sob risos de todos que se achavam por lá.

Transeuntes acudiram logo ao desastre. Detiveram os cães e ajudaram a reunir a carga. Também deram conselhos. Se pretendiam chegar a Dawson, disseram, tinham de reduzir a carga à metade e dobrar o número de cães.

Hal e Mercedes ouviram-nos de mau humor, enquanto procuravam novamente arrumar a bagagem. O sortimento de conservas em lata fez os homens rirem-se porque não era coisa usada no Long Trail. "Cobertores suficientes para um hotel! Metade disso já é demais", observou um dos ajudantes.

"Desembaracem-se do resto. Também botem fora essa tenda e toda essa louça – quem vai lavá-la pelo Long Trail afora!? Deus do céu! Pensam vocês que trenó é carro pullman[17]?"

E começou a inexorável eliminação de todos os objetos supérfluos. Mercedes chorou quando viu os sacos de roupas abertos, com metade do que acomodara dentro posto fora. Chorou em geral e chorou em particular diante de cada objeto que tinha de abandonar. Pura imagem do desespero. Gritava que não iria, nem por amor a doze Charles. Apelava para todos os circunstantes pedindo misericórdia, e fazia voltar ao saco tudo que os outros iam eliminando. Vingou-se quando a eliminação foi feita no saco pertencente aos homens, parecia então um ciclone, a voar de dentro deles tudo quanto pegava.

Apesar de a carga ficar reduzida à metade, ainda assim constituía um formidável volume. Charles e Hal saíram à procura de mais cães, adquirindo seis. Com estes, e mais Teek e Koona, que haviam entrado na equipe em Rink Rapids durante aquela viagem de recorde, o número subiu a quatorze. Mas os seis cães comprados eram novatos no Norte e de muito pouca eficiência, cães de pelo curto, um terra-nova e os demais mestiços de raças indeterminadas.

Eram cães sem nenhum traquejo no trabalho de tiro, que Buck e os demais olhavam com desprezo; embora lhes ensinassem como dispor-se nos tirantes e o que não deviam fazer, não conseguiram ensinar-lhes o que deviam fazer. Eram cães que não tinham nascido para o trabalho dos arreios. Com exceção de dois mestiços, mostravam-se abobalhados, tontos, de ânimo abalado pelo espanto de se verem num

---

[17] Carro pullman: nos trens, é o vagão de luxo, com compartimento para bagagens e poltronas que se convertem em camas.

ambiente tão diverso do que conheciam e tratados de maneira tão cruel. Os dois mestiços trabalhavam resignadamente; somente uma coisa não estava quebrada neles – os ossos.

Com tais novatos assim nostálgicos e sem vida agregados a uma equipe exausta pelos quatro mil quilômetros já percorridos num só inverno, as perspectivas da jornada não se apresentavam animadoras. Os dois homens, porém, nada viam. Mostravam-se até alegres, de tanta confiança – a confiança do presunçoso que tudo ignora. Sentiam orgulho do seu poderoso time de quatorze cães. Os demais corriam com apenas nove; de quatorze não havia nenhum.

A experiência das regiões árticas havia demonstrado que há uma razão muito séria para reduzir ao mínimo os cães dum trenó e por isso jamais se usavam equipes de quatorze – a dificuldade da alimentação no percurso do Long Trail, onde só se podia contar com os víveres levados de reserva. Charles e Hal, porém, ignoravam isso. Haviam feito seus planos no papel. Tantos quilômetros, tantos cães, tantos quilos de carga, etc. Mercedes espiara-lhes os cálculos por cima dos ombros e aprovara-os com entusiasmo. Perfeitos!

Manhã já alta no dia seguinte, Buck puxou sua equipe pela rua acima sem demonstrar o menor interesse; sentia-se tão indiferente e frio como todos os seus companheiros. Foi uma partida mortalmente triste. Quatro vezes já havia ele transposto a distância entre Salt Water e Dawson, e a perspectiva de mais uma jornada naquelas condições enchia-lhe o coração de tristeza. Não punha alma na tarefa, nem ele, nem nenhum dos seus velhos pares. Os novatos mostravam-se tímidos e apavorados; os veteranos, indiferentes e sem a menor confiança nos novos condutores.

Buck sentia que aqueles dois homens e aquela mulher nada valiam. Ignoravam as coisas mais elementares e com o correr dos dias demonstraram que por si nada aprenderiam. Eram desordenados em tudo, sem a menor noção do método e da disciplina. Para armar um acampamento ao cair da noite levavam horas, e para levantá-lo no dia seguinte consumiam quase toda a manhã. E acondicionavam tão mal a carga que numerosas vezes durante o dia tinham de parar para rearrumá-la. As etapas eram desesperadoramente curtas. Quinze, vinte quilômetros. E muitas vezes falhavam a partida, perdendo o dia inteiro no acampamento. Nem uma só vez conseguiram vencer metade da média comum de um dia de corrida.

Era inevitável que sobreviesse a penúria de víveres. Para agravar a situação, alimentavam os cães em excesso, a ponto de muitos começarem a engordar. Os novatos, cujos estômagos não estavam treinados na fome permanente dos veteranos, revelaram-se voracíssimos. E quando, justamente por excesso de comida, os cães se mostravam preguiçosos, Hal, em sua alta sabedoria, ainda aumentava a dose com rações extras. Para agravamento dos males havia ainda os dós de Mercedes, que sempre rendiam alimento; Mercedes furtava peixe seco do saco de reserva e o distribuía aos cães sempre que via os homens distraídos. Não era de víveres, entretanto, que Buck e seus companheiros necessitavam, e sim de repouso. Embora avançassem pouco a cada dia, a carga excessiva do trenó ia agravando o acúmulo de cansaço já trazido de longe.

Depois veio o reverso – as meias rações. Hal observou um dia que metade do peixe seco já havia sido devorada, com só um quarto da viagem vencido. E nem por todo o dinheiro do mundo era possível refazer naquele deserto o suprimento. Em vista disso deliberou reduzir as rações ao mínimo e aumentar o trabalho diário. Sua irmã e o cunhado acharam ótima a resolução, que aliás só foi posta em prática parcialmente. Era fácil reduzir a ração dos cães; mas levantar bem cedo, arrumar a carga de modo a evitar paradas pelo caminho etc., isso jamais puderam fazer. Não sabiam lidar com cães, nem com coisa nenhuma. Buck jamais vira mais perfeita demonstração de incompetência em todos os rumos.

A primeira vítima foi Dub. Embora um eterno ladrão – e ladrão infeliz, pois nunca falhou de ser pilhado em flagrante –, nem por isso deixava de ser ótimo trabalhador. Seu ombro luxado não tivera o tratamento nem o repouso que o caso exigia, de modo que Dub foi indo de mal a pior até que o moço o matou com o seu enorme Colt. É conhecido no Norte que cães de fora perecem com a ração usual dos *huskies*, e isso mais uma vez se confirmava. Os seis novatos tinham de sucumbir e depressa, agora que em vez de uma ração completa só recebiam meia. O terra-nova seguiu na frente; os três *pointers* de pelo curto, logo depois; os mestiços resistiram um pouco mais, até que chegou também o dia deles.

Por esse tempo todas as amenidades de caráter daqueles sulistas haviam desaparecido. Já desfeita da sua auréola de romance, a viagem ártica transformara-se para eles numa realidade duríssima e feroz. Mercedes cessara de ter dó dos cães, de chorar abraçada com eles; andava agora muito ocupada em chorar a própria desgraça e em brigar com o irmão e o marido. Para essas disputas jamais lhe faltou energia. A irritabilidade da moça provinha da miserável situação em que se encontrava, e crescia à medida que a situação piorava.

A admirável paciência do Trail, que os homens de longo treino ártico adquirem na luta e que os faz conservarem-se de bom humor mesmo debaixo das maiores calamidades, ainda não viera abençoar os três aventureiros. Impacientíssimos, revoltavam-se contra todos os sofrimentos. Seus músculos doíam, seus ossos doíam, seus corações doíam, e porque tudo lhes doía só palavras ásperas lhes vinham à boca da manhã à noite.

Charles e Hal brigavam entre si sempre que Mercedes lhes dava trégua. Cada qual alegava que o mais pesado do trabalho lhe recaía sobre os ombros e que o outro de nada valia. Às vezes Mercedes apoiava o marido; outras vezes apoiava o irmão. O resultado foi uma interminável guerra de família. Partindo duma disputa sobre qual dos dois deveria ir cortar lenha, por exemplo, logo a família inteira de ambos se via envolta na contenda – os pais, as mães, os irmãos, os tios, as tias, os sobrinhos, os primos, gente a milhares de quilômetros dali e muitos já no descanso do túmulo. Era absurdo que as teorias sobre as artes dos Hal ou a comédia de salão que um seu mano escrevera pudesse ter qualquer coisa com o caso da lenha; no entanto tinha. Também era absurdo que a propósito dessa mesma lenha viessem à baila as opiniões políticas da gente de Charles. Não obstante, Mercedes achava jeito de alegar traições e mil coisas desagradáveis a respeito da família do esposo. Enquanto isso os cães curtiam a sua fome e a fogueira ficava por acender.

Mercedes tinha um especial motivo de queixa, que provinha da condição do seu sexo. Era criatura bonita e mimosa, acostumada a ser tratada sempre nas palmas da mão. Agora, na desgraça, não via por parte dos homens nenhum dos mimos cavalheirescos dos bons tempos. Além disso, sempre fora uma inútil, uma incapaz de qualquer esforço – e isso, até então considerado como um dos seus encantos, lhe era agora lançado no rosto.

Mercedes teimava em não ver com clareza a situação; teimava em não compreender o extremo esgotamento dos cães e em prosseguir na viagem sempre refestelada no trenó. Era bem bonita, macia e graciosa, não havia dúvida – mas pesava cinquenta quilos, peso que, dada a fraqueza dos cães, valia por duzentos. Os cães não aguentavam mais. Certo dia caíram sob os tirantes, e o trenó se imobilizou. Charles e Hal pediram à moça que descesse, que caminhasse com eles a pé – e foi um romper de lágrimas, gritos e apelos aos céus, com uma eloquente descrição endereçada a Deus da brutalidade daqueles homens merecedores de todos os castigos do inferno.

Agravando-se a situação, arrancaram-na do trenó à força. Mercedes então sentou-se à beira da trilha e nada a fez dar um passo. O trenó seguiu viagem ainda por cinco quilômetros. Como Mercedes não viesse, tiveram de descarregá-lo e ir buscá-la.

Presos em sua própria miséria, os viajantes não se davam conta do sofrimento dos cães. A teoria de Hal (só aplicada aos outros) era que o sofrimento constitui o melhor meio para fortalecer um organismo. Vivia pregando isso para a irmã e o cunhado – e muito logicamente também o pregava aos cães. A estes, porém, não com palavras, ou argumentos, e sim a pau. Nunca os pobres animais foram tão martelados em vida.

Ao alcançarem o passo de Five Fingers a reserva de peixe seco esgotou-se, e uma velha índia sem dentes ofereceu uns poucos quilos de couro de cavalo congelado em troca do lindo revólver Colt que fazia companhia à faca de mato na cintura de Hal. Um bem pobre substituto do salmão seco, o tal couro de cavalo, já velho de seis meses. Tinha a rijeza do ferro galvanizado, e quanto ao poder nutritivo era positivamente igual a zero.

Aquela jornada apresentava-se a Buck como um terrível pesadelo. Puxava os tirantes enquanto podia; quando exausto, caía, e ao sobrevir a chuva de pancadas punha-se automaticamente de pé. O brilho da sua pelagem fora-se. Os pelos caíam emaranhados e empelotados pelo sangue que o porrete de Hal fazia correr. Seus músculos estavam reduzidos a nodosas cordas amarradas aos ossos. A pele deixava entrever o arcabouço interior. Mas o coração de Buck permanecia inquebrantável. O homem da blusa de lã vermelha não o conseguira dobrar com a violência do porrete.

O que se dava com Buck dava-se com todos os seus companheiros. Viraram esqueletos perambulantes. O número se reduzira a sete – metade da equipe que partira de Skaguay. Naquela infinita miséria haviam-se tornado insensíveis ao chicote e ao porrete. A dor das pancadas parecia-lhes algo distante, coisa de sonho ou desvario.

Não eram mais que criaturas semivivas. Menos que isso: simples sacos de ossos com uns restos de vida por dentro. Quando chegava a hora de parar, deixavam-se cair sob os tirantes, como mortos, sem dar nenhum sinal de vida. Só quando de novo o chicote sobre eles caía é que os restos de ânimo interior despertavam – e erguiam-se, então, vacilantes como sombras.

Por fim veio o momento em que Billie, o bonachão, não pôde mais erguer-se. Hal já havia disposto do revólver executor, de modo que o abateu a machado, sem sequer o afastar para longe; depois o picou em pedaços. Buck compreendeu que seria aquele o seu fim e o de todos os companheiros. No dia seguinte a cena se repetiu com o pobre Koona. Só restavam cinco; Joe, já com a sua malignidade perdida; Pike, coxeante e tão alheio a tudo que nada lembrava o antigo e astucioso fingidor de doenças; Sol-leks, o caolho, sempre fiel aos tirantes e apenas triste de não poder dar ao trabalho o esforço antigo; Teek, que não havia mourejado naquele inverno tanto como os outros e por conservar-se em melhores condições, apanhava mais que os outros; e finalmente Buck, ainda o líder da equipe, mas já indiferente à disciplina e numa perpétua tontura de sonho.

A primavera estava em todo o seu esplendor; mas nem os homens nem os cães lhe davam a menor atenção. Cada dia o sol levantava-se mais cedo e deitava-se mais tarde. Madrugava às três horas e ainda havia luz no céu às nove da noite. O fúnebre silêncio do inverno dera lugar ao murmúrio sem fim da vida que renasce, o zumbido de todas as coisas vivas despertas do longo sono hibernal. A seiva subia pelo tronco dos pinheiros. Os salgueiros abotoavam-se dos botões veludosos. Arbustos e plantas trepadeiras enfeitavam de esmeraldas a natureza. Grilos cricrilavam durante a noite e de dia amiudavam seus pulos ao sol. Perdizes e pica-paus quebravam o silêncio das florestas. Esquilos saltavam pelos galhos, pássaros cantavam e o céu andava riscado de aves de arribação vindas do Sul.

Em cada encosta ressoava o murmúrio das águas correntes – a música alegre das fontes invisíveis. Tudo palpitava de vida. O Yukon fazia esforços cada vez maiores para romper os gelos que ainda lhes fechavam as águas. Ia corroendo a crosta de gelo por baixo; o sol a corroía por cima. Buracos se rompiam por onde o ar penetrava; fendas e fraturas iam-se rasgando. O gelo, que até então formava uma chapa única, fragmentava-se.

E no meio de todo esse esfacelar-se para que a vida emergisse forte e soberana sob o calor do sol e das brisas tépidas, a única imagem da morte que entristecia a paisagem era a das três criaturas humanas e daqueles cinco magérrimos cães.

Com a equipe já por terra, minada pela fraqueza; com Mercedes sempre maldizendo; com Hal a praguejar inocuamente; com Charles de olhos sempre úmidos de lágrimas, a caravana se detivera no acampamento de John Thornton, na embocadura do rio White. Quando ali chegaram, os cães caíram, frouxos de vez, e não houve pancada que os fizesse levantar.

Mercedes enxugou os olhos e olhou para John Thornton. Charles sentou-se num tronco para descansar; sentou-se lentamente, tão dolorido e entanguido[18] tinha o corpo. Hal tomou a palavra. John Thornton estava acabando de polir um cabo de machado feito dum galho de bétula. Raspava a madeira e ouvia a narrativa do moço, respondendo com monossílabos e dando breves conselhos quando era caso. Thornton conhecia aquele tipo de gente e dava os conselhos por desencargo de consciência, na certeza de que não lhe dariam ouvidos.

— Eles nos disseram, lá em cima, que o gelo estava no fim e que a melhor coisa que tínhamos a fazer era não empreendermos a jornada — disse Hal, em resposta ao conselho de Thornton para que tivesse cuidado com o gelo em ruptura. — Disseram também que nunca chegaríamos ao rio White, e aqui estamos — acrescentou com um riso de triunfo.

— E falaram certo — respondeu John Thornton. — O gelo vai desabar dum momento para outro. Só doidos varridos, e

---

[18] Entanguido: enregelado; tolhido pelo frio.

dos que confiam em estrelas, poderiam meter-se por ele. Garanto a vocês que nem por todo o ouro do Alasca eu correria por esse gelo.

– Quer com isso dizer que não é um doido varrido – murmurou Hal. – Pois, doidos ou não, vamos indo para Dawson e lá havemos de chegar. Com isso aqui viemos até este ponto e com isso iremos até o fim – disse, erguendo no ar o chicote.

E para Buck:

– Para a frente! Vamos!

Thornton prosseguiu no polimento do seu cabo de machado, pensando lá consigo que era tolice meter-se alguém entre um louco e a sua loucura – além de que dois ou três loucos a menos no mundo em nada alteraria a ordem das coisas.

Mas a equipe não atendeu à voz de comando. Os cães já estavam num ponto em que vozes de comando e pancadas, por violentas que fossem, não produziam o menor efeito. O chicote vibrou sobre aqueles tristes corpos da maneira mais cruel, fazendo com que os lábios de John Thornton se contraíssem. Sol-leks foi o primeiro que tentou equilibrar-se de pé. Teek seguiu-o. Joe acompanhou-o, gemendo. Pike fez um esforço inútil; duas vezes caiu e só da terceira se pôs em pé, vacilante. Buck, porém, não se moveu do lugar. Ali caíra, ali ficaria. O chicote silvou sobre o seu dorso uma, duas, inúmeras vezes, mas o cão nem sequer gemeu. Thornton ia abrindo a boca para falar, mas deteve-se. Tinha os olhos úmidos. O chicoteamento continuava. Thornton ergueu-se e pôs-se a passear dum lado para outro, irresoluto.

Era a primeira vez que Buck negava obediência e isso levou a exasperação de Hal ao extremo. Largou o chicote e passou a mão no porrete. Mas Buck persistiu em não se levantar, por mais violenta que fosse a chuva dos golpes recebidos, os piores que ainda levara em vida. Como seus companheiros, estava exausto em excesso para levantar-se; mas independentemente disso havia deliberado não se levantar. Vagamente sentia que chegara o seu momento derradeiro. Desde o começo daquela jornada esses pressentimentos o vinham visitando. Pelo caminho, ao pisar gelos falsos que por milagre não o haviam engolido, vira inúmeras vezes a morte bem próxima, e com ainda uma vastidão do mesmo gelo pela frente não tinha dúvidas sobre o que o esperava. Recusou-se pois a partir. Não se levantaria. Era-lhe indiferente morrer ali ou logo adiante. Tinha sofrido tanto que aqueles golpes já não produziam efeito. E à medida que os golpes sobrevinham ia sentindo a vida fugir-lhe do corpo. Estava quase no fim. Como que adormecido. Era duma grande distância que se via espancado. Tudo longe, tudo a diluir-se. De muito longe vinha o impacto do porrete em seu corpo. Em seu corpo? Não. Em algo também muito distante.

Súbito, sem aviso, com um urro inarticulado de animal selvagem, John Thornton projetou-se contra o torturador. Hal foi arremessado para trás com um tranco violentíssimo. Mercedes soltou um berro. Charles ergueu os olhos tristes, sempre molhados de lágrimas, mas não fez nenhum movimento. Não podia. Estava literalmente entanguido.

John Thornton curvou-se sobre Buck, lutando para controlar-se e ainda muito envolvido pela cólera para que pudesse falar.

— Se você bate outra vez neste cão eu o mato — foi tudo quanto pôde dizer quando a voz lhe voltou.

— O cachorro é meu — replicou Hal, limpando o sangue do nariz com as costas da mão. — Saia do meu caminho ou lhe apronto uma boa cama. Vou indo para Dawson, você sabe.

Thornton colocou-se entre Hal e Buck em atitude de quem não se impressionava com palavras. O moço então sacou a sua faca de mato. Mercedes desferiu um grito lancinante e desmaiou num ataque histérico. Thornton deu com o olho do machado no punho do moço, fazendo a faca voar para longe. E deu-lhe segundo golpe quando o moço fez menção de apanhá-la. Depois tomou-a e cortou as cordas que prendiam Buck aos tirantes.

Hal nada pôde fazer. Estava já ocupado com o histerismo da sua irmã, que, recobrando os sentidos, o agarrara pelos braços. Além disso Buck de nada lhe valia no trenó. Moído demais para que pudesse sobreviver. O trenó prosseguiria sem ele.

Minutos depois a caravana partiu pelo declive abaixo, rumo ao rio congelado. Buck ergueu a cabeça e olhou. Pike puxava a triste fila; Sol-leks seguia entre Joe e Teek. Todos manquejavam, cambaleantes. Mercedes ia de pé no trenó. Hal guiava na boleia. Charles, de cabeça pendida, vinha atrás.

Enquanto Buck seguia com o olhar a dolorosa caravana, Thornton, de joelhos ao seu lado, passava-lhe pelo corpo a mão grossa, verificando se havia ossos quebrados. Quando acabou de constatar que estava intacto na ossatura, apenas com a carne horrivelmente maltratada e fraquíssimo por falta de alimento, o trenó atingia os primeiros quinhentos metros ao longe.

O Grito da Selva

O mourejo nos tirantes

O homem e o cão puseram nele os olhos e ficaram a seguir-lhe a marcha penosa. Súbito, a parte traseira afundou; a boleia ergueu-se no ar levando consigo Hal. O grito de Mercedes chegou até ali. Viram ainda Charles recuar, tentando a fuga, mas o solo faltou aos pés de todos e a caravana desapareceu. Na brancura lisa do rio congelado só ficou uma grande falha negra, a muda boca de gelo que tragara os imprudentes.

John Thornton e o cachorro entreolharam-se.

– Meu pobre diabo – murmurou o homem comovido, e Buck lambeu-lhe a mão.

Capítulo VI
Por amor de um homem

Quando no último dezembro os pés de Thornton congelaram, seus companheiros o depuseram ali, depois de bem acomodado, e subiram o rio para apanhar um carregamento de madeira destinado a Dawson. Thornton ainda mancava na época em que salvou Buck das unhas dum estúpido demônio, mas a entrada da primavera fê-lo convalescer completamente. E foi em sua companhia, ali nas margens daquele caudal, que Buck lentamente renasceu, seguindo com os olhos o movimento das águas em luta com os gelos, ouvindo o canto das aves e todo o vago e disperso murmúrio da natureza rediviva.

Um longo descanso era muito bem-vindo para quem mourejara nos tirantes cinco mil quilômetros, e Buck soube descansar até que suas feridas sarassem e os músculos voltassem ao que eram. Ligados pelo destino e forçados ao repouso por uma causa idêntica, Thornton e Buck, e mais dois cães de Thornton – Skeet e Nig – deixaram-se ficar à espera da embarcação que iria transportá-los para Dawson. Skeet era uma pequena *setter* irlandesa que breve se fez amiga de Buck; o estado de fraqueza deste impediu-o de repelir as primeiras aproximações; em seguida acostumou-se ao animalzinho. Skeet tinha o senso médico que alguns cães revelam e, como uma gata que lava seus filhotes, assim cuidava das feridas de Buck, lambendo-as carinhosamente. Cada manhã depois da primeira refeição desempenhava-se daquela tarefa, e, se acaso faltava, ia Buck em procura dela para o tratamento. Nig também se tornou amigo, embora fosse menos expansivo; era um cão negro e corpulento, mestiço de mastim e veadeiro, com olhos sorridentes e de muito bom gênio.

Com grande surpresa de Buck, nenhum deles demonstrava ciúme dos carinhos e da liberalidade que John Thornton usava com ele. Depois que se foi recobrando da fraqueza, ambos o metiam em toda sorte de brincadeiras, nas quais John Thornton com frequência vinha tomar parte – e desse modo a convalescença de Buck correspondeu a uma verdadeira entrada em vida nova. Amor – genuíno e apaixonado amor era sentimento que via pela primeira vez. Amor como não conhecera nem no formoso vale de Santa Clara, em casa do juiz Miller. Brincando e caçando com os filhos do juiz não passava de um companheiro; com os netos do juiz não passava de um guardião solene; com o próprio juiz suas relações não iam além duma grave e austera amizade. Mas amor, esse amor que é loucura, que é adoração, que é chama a fulgurar incessante, isso foi sentimento que só com John Thornton veio a conhecer.

Tinha-lhe esse homem salvo a vida, o que já é alguma coisa, mas passava além, mostrava-se o senhor ideal. Outros homens tratavam bem aos cães, mas olhavam-nos como simples máquinas de trabalho, que convinha serem mantidas em bom estado; aquele os tratava como se fossem filhos. E Buck viu mais. Ao cruzar com eles, Thornton nunca deixava de saudá-los com uma palavra de carinho, e com eles se sentava para conversas longas que constituíam o supremo deleite de todos. Tinha o hábito de tomar a cabeça de Buck entre suas mãos grossas, e de afundar a cara no seu pescoço peludo, e de sacudi-lo a lhe dizer nomes feios, que para Buck eram lindas palavras de amor. Nada lhe valia aquilo – aquelas sacudidelas por entre pragas de brincadeira. Puro êxtase invadia sua alma. E quando largado, punha-se de pé, com a boca a sorrir, os olhos cheios de muda eloquência, a garganta apertada de sons que tentavam articular-se. Era tal o seu esforço em exprimir a gratidão e o amor que o homem exclamava, surpreso: *Deus! Só falta falar!*

Buck tinha um modo de expressar-se que raiava ao excessivo. Agarrava nos dentes a mão de Thornton e premia-a com tanta força que as marcas ficavam impressas por longo tempo. Buck sabia que as pragas então gritadas eram expressões de amor, como o homem sabia que a mordida forte era fingimento puro e também exaltada expressão de amor.

Fora essas expansões, o amor de Buck tomava a forma de adoração. Embora nos momentos em que Thornton o agarrava e lhe falava se sentisse tonto de felicidade, o cão nunca ia em procura dessas carícias. Ao contrário de Skeet, que tinha o hábito de esfregar o focinho na mão do homem até que ele lhe fizesse carinhos, e ao inverso de Nig, que se punha de pé com a cabeça entre seus joelhos, Buck contentava-se com adorá-lo a distância. Deitava-se e ficava uma hora inteira de olhar fito no rosto de Thornton, observando-lhe as menores expressões fisionômicas, o menor movimento dos olhos ou dos lábios. E muitas vezes, tal era a comunhão em que viviam, que a força do olhar de Buck magnetizava Thornton e o fazia voltar-se para o seu lado e retribuir olhar com olhar – olhares cheios de coração.

Por muito tempo depois da sua libertação, Buck não admitiu que Thornton se afastasse das suas vistas. Dentro ou fora da tenda, seguia-o sempre. Mas a experiência da vida lhe ensinara, depois de ter vindo para o Norte, que os senhores dos cães não eram permanentes. Buck tinha medo de que Thornton o passasse para a frente, como Perrault, François e o escocês haviam feito. Durante as sonecas, era o pesadelo que o atormentava. Muitas vezes despertou ansioso para ir escutar na tenda se seu amo ainda estava lá.

O grande amor que Buck sentia por John Thornton era um reflexo da sua natureza civilizada. Sentimento fortíssimo, porém não tão forte que apagasse do mais fundo de seu ser aquele misterioso chamamento do passado que começara a sentir desde que pisara os gelos do Norte. A fidelidade e a devoção, sentimentos criados pela vida do lar civilizado, lutavam com os acessos sempre renascentes da selvageria hereditária. Buck sentia-se não como um civilizado do Sul que retribuísse o amor de outro civilizado – mas como um lobo selvagem, dos mais primitivos, que estivesse pela primeira vez a gozar a companhia do homem e o calor do fogo que o homem domina. Unicamente o seu grande amor o impedia de fugir dali. Com qualquer outro homem, em qualquer outro acampamento, não hesitaria um instante em lançar fora para sempre os laços que a dominação humana lhe pusera ao pescoço, remergulhando na selvageria dos antepassados.

Seu corpo estava coberto de cicatrizes de dentadas que lhe valiam de lições vivas; sabia agora lutar com infinita astúcia. Mas lutar contra quem? Skeet e Nig eram seres de muito bom gênio – além de que pertenciam a Thornton. Mas cão estranho que aparecesse, por melhor que fosse a sua raça e maior que fosse seu valor, teria imediatamente de admitir a supremacia de Buck ou travar com ele luta de morte. E Buck não tinha piedade. Aprendera a lei do porrete e do dente, e nunca desprezava uma vantagem, nem vacilava em impelir um rival para o abismo da morte. Aprendera a grande lição com Spitz e com os cães-chefes das matilhas da polícia e do correio, e sabia que na natureza não há meio termo. Ou dominar ou ser dominado. Mostrar piedade era denúncia de fraqueza. A piedade engana e o engano traz a morte. Matar ou ser morto, comer ou ser comido – era a lei. E essa lei vinha das profundezas do tempo. Tinha de ser obedecida.

Buck envelhecera de alma muito depressa e agora ligava o passado ao presente. Atrás dele palpitava a eternidade num ritmo forte como o das marés ou o das estações. Sentado junto à fogueira de Thornton, tudo mostrava nele um simples cão de peito largo, dentes agudos e pelagem basta; na realidade estava ali um símbolo de todas as sombras do passado – dos meio-lobos e dos lobos selvagens, fulgurantes no ataque, sequiosos da carne viva e do sangue quente, dos que farejam no ar a vida que palpita longe, distinguindo os menores murmúrios do viver misterioso das florestas – e essas sombras do passado remotíssimo criavam-lhe os estados da alma, dirigiam-lhe as ações, deitavam-se com ele quando era hora de deitar-se e sonhavam em seus sonhos, arrancando-lhe do subconsciente todas as acumulações adormecidas.

Tão fortemente as sombras do passado o empolgavam que a cada dia se tornava menos apegado ao homem e ao viver que o homem estabelecera na Terra. Quando prestava atenção à floresta, ouvia com a alma um chamado longínquo de sereia, um apelo misterioso – e vinha-lhe a tentação de voltar as costas à fogueira e ir... não sabia para onde – lá para os recessos escuros da floresta de onde o apelo misterioso surgia. Mas a voz de Thornton soava como um clarim de amor – e Buck ia ficando.

Thornton era o único laço que o atava à civilização. O resto da humanidade já desaparecera para Buck. Equivalia a nada. Viajantes de passagem podiam amimá-lo ou elogiá-lo; Buck mantinha-se frio e indiferente; nada daquilo o interessava, nem era capaz de fazê-lo de novo interessar-se pela humanidade. Quando os companheiros de Thornton, Hans e Pete, reapareceram por ali guiando a longamente esperada embarcação, Buck recusou-se a dar-lhes atenção até constatar que eram amigos do seu senhor. Passou então a tolerá-los passivamente, recebendo seus favores e mimos como por especial concessão. Esses homens eram do mesmo tipo de Thornton; viviam em íntimo contato com a terra, tinham a visão clara e o pensamento simples. Compreendiam-no, pois, e aceitavam o modo de ser de Buck, não insistindo em intimidades como as usadas para Skeet e Nig.

Em relação a Thornton, porém, o amor de Buck aumentava sempre. Só ele, entre todos os homens, poderia pôr-lhe novamente carga às costas quando fosse tempo de retomar a viagem. Nada era demais para Buck, se ordenado por Thornton. Certo dia, depois de chegarem a Dawson e de dividirem os lucros do negócio, os três amigos empreenderam nova jornada para o Tanana. Num pouso a meio caminho, sentaram-se com os cães na crista dum recife que descia a prumo a trinta metros de profundidade. Súbito, um impulso impensado tomou Thornton. Quis demonstrar aos companheiros a fidelidade de Buck.

– Salta, Buck! – exclamou, apontando para o abismo.

Imediatamente achou-se arrastado ao precipício, agarrado ao animal, com Hans e Pete de mãos estendidas para arrastá-los pedra acima.

– Foi imprudência louca – murmurou Pete depois de passado o perigo.

Thornton meneou a cabeça.

– Não. Foi sim esplêndido... e também terrível. Sabe que este cão às vezes me dá medo?

– Eu não queria ser o homem que pusesse as mãos em você com Buck por perto! – disse Pete à guisa de conclusão.

– Nem eu! – confirmou Hans.

Em Circle City, um ano depois, as apreensões de Pete se confirmaram. Black Burton, homem mau e briguento, havia se atracado com um freguês numa taverna. Thornton generosamente interferiu para acalmá-los. Como de hábito, Buck estava a um canto, sobre as patas traseiras, atento aos menores gestos de seu senhor. Burton, na sua fúria explosiva, repeliu com um tranco a intromissão – e Thornton foi arremessado de encontro à parede.

Imediatamente os circunstantes ouviram algo que não era voz de cão, latido ou rosnado, e sim urro de tigre – e viram o corpo de Buck projetar-se, qual bala, sobre a garganta de Burton. O homem salvou a vida com um movimento instintivo de braço que lhe defendeu a carótida, mas foi arremessado ao solo com a fera por cima. Ao cair perdeu a defesa e teve a garganta rasgada. A multidão precipitou-se contra Buck e o arrancou dali. Um médico presente correu a atender o ferido, e o fez enquanto Buck redobrava os esforços para livrar-se das mãos que o seguravam e acabar com o agressor de Thornton. Reuniu-se incontinente um júri de mineiros para deliberar sobre o caso, e a decisão foi favorável a Buck, visto como agira na defesa do seu dono. Desde então sua fama cresceu, e o nome de Buck passou a popularizar-se em todos os acampamentos do Alasca.

Mais tarde, no fim do ano, Buck salvou a vida de Thornton em condições muito especiais. Os três amigos estavam conduzindo um bote por uma corredeira perigosa na região de Forty-Mile Creek. Hans e Pete puxavam-no da praia com uma corda que iam enrolando de árvore em árvore, enquanto Thornton, na embarcação, ajudava a descida com uma vara. Buck, na margem, acompanhava ansiosamente a manobra, sem por um só instante desviar os olhos do seu senhor.

Num passo particularmente mau, onde pontas de pedras emergiam ameaçadoras, Hans afrouxou a corda e Thornton impeliu o barco para o meio da corrente, a fim de contornar as pedras. O bote deslizou rápido e deu volta aos rochedos; passado o obstáculo, quis Hans chamá-lo de novo para mais perto da margem, e estirou com muita violência a corda. O bote revirou, projetando Thornton num redemoinho de onde seria difícil escapar com vida.

Buck de imediato saltou na água e, a quatro metros de distância, no meio da fúria das águas, segurou Thornton, o qual se firmou em sua cauda e deixou-se rebocar rumo à margem. Buck estava esplêndido de força por essa época, mas a correnteza era muito forte e lhe anulava os progressos da marcha. Um pouco abaixo rugia o torvelinho da queda, com as águas despedaçadas e espirradas pelo denteado das pedras. A sucção para aquele ponto fatal fazia-se cada vez mais forte, e Thornton percebeu que a nado era impossível alcançar a margem. Fatalmente seriam arrastados e esfacelados naquele ponto. Agarrou-se então a uma rocha, deixando Buck livre.

– Volta, Buck! Volta para a terra! – pôde gritar, apesar do estrondo das águas.

Buck já não podia manter-se a nado e foi de arrastão pela correnteza abaixo, debatendo-se desesperadamente. Ao ouvir a ordem de Thornton, que insistia nela, ergueu a cabeça fora d'água como para um último adeus; depois, guinando com violência, escapou da correnteza e rumou para a margem. Nadou poderosamente, até que, ajudado por Hans e Pete, viu-se livre da zona perigosa.

Os companheiros de Thornton sabiam que o tempo que um homem pode manter-se agarrado a uma pedra limosa nunca excede os minutos e correram a apanhar a corda com que vinham rebocando o barco. Ataram uma das pontas ao pescoço de Buck de modo que não o estrangulasse nem o impedisse de nadar, e lançaram-no de novo ao rio. Buck avançou intrepidamente; mas não calculou bem o desvio que a corrente lhe impunha ao avanço. Passou perto de Thornton, mais abaixo da pedra.

Hans prontamente recolheu a corda, como se Buck fosse um peixe que ele estivesse sacando fora d'água – operação perigosa que por milagre não asfixiou o valente amigo. Buck chegou à margem semiafogado e só foi salvo graças à perícia com que os dois homens lhe fizeram expelir a água engolida e lhe restauraram a respiração por meio de movimentos rítmicos. Buck ergueu-se cambaleante e caiu de novo. Nesse momento chegou até eles o gemido angustiado de Thornton, revelando que estava prestes a sucumbir. Aquela voz agiu no cão como um choque elétrico. Buck pôs-se de pé e correu para a beira da água, seguido dos dois homens, detendo-se no mesmo ponto onde o haviam soltado com a corda ao pescoço.

De novo lhe ajeitaram a corda e de novo o cão lançou-se à água para repetir a tentativa. Dessa vez calculou melhor o arranco, de modo a não perder o alvo. Hans segurava a corda, folgando-a sempre de modo a não embaraçar o nadador. Buck nadou até alcançar um ponto onde, voltando-se, seria levado sobre Thornton pelo rápido impulso da corrente. Assim aconteceu. A correnteza arrastou-o de encontro à pedra e Thornton, já no limite da resistência, pôde abraçar-se ao cachorro. Hans enrolou a ponta da corda a um tronco e começou a tirá-la com a possível rapidez, ajudado por Pete. E, estrangulados, debatendo-se na água, ora boiando, ora mergulhando, quando não lançados de encontro a pedras submersas, foram os dois náufragos içados à margem.

Quando Thornton, semimorto, viu-se arrancado da água, o seu primeiro olhar foi para Buck, diante de cujo corpo mole, aparentemente sem vida, Nig latia com desespero. Apesar de severamente maltratado, Thornton arrastou-se para onde estava o cão. Examinou-o. Estava com três costelas quebradas. Skeet, a boa enfermeira, lambia-lhe o focinho e os olhos.

– Está bem – disse Thornton – Acamparemos aqui até que os ossos de Buck se soldem e ele possa prosseguir na viagem.

No inverno daquele ano, em Dawson, Buck fez-se novamente falado em virtude duma proeza não tão heroica, mas igualmente notável. Esse feito foi particularmente grato a Thornton e seus companheiros, visto tornar-lhes possível a obtenção do equipamento necessário para a viagem à zona virgem do Leste, onde os mineradores ainda não haviam penetrado.

O caso começou no *saloon* Eldorado, numa discussão em que vários fregueses debatiam as qualidades e méritos dos seus cães favoritos. Em virtude de suas façanhas sobejamente conhecidas, era Buck o alvo secreto que aqueles louvores exagerados procuravam atingir. Ao cabo de meia hora, um dos homens vangloriou-se de que um dos seus cães podia arrancar um trenó com duzentos quilos de carga e levá-lo adiante. Um segundo sujeito achou que era nada, pois seu cão favorito faria o mesmo com um trenó de trezentos quilos. Um terceiro gabola afirmou do seu cão o mesmo, mas com a carga elevada a quatrocentos quilos.

– Bah! – exclamou John Thornton com desprezo. – O meu Buck arranca um trenó de meia tonelada.

– E arrasta-o? E caminha cem metros? – inquiriu Matthewson, um dos reis da mina Bonanza, o mais rico descobridor de ouro aluvial daqueles tempos. Matthewson era o dono do cão que arrancava o trenó com quatrocentos quilos.

– Perfeitamente – assegurou Jonh Thornton com frieza. – Arranca um trenó com quinhentos quilos e arrasta-o por duzentos metros.

– Pois muito bem – disse Matthewson, decidido. – Aposto mil dólares que o seu cão não faz isso – e bateu sobre a mesa um saco de pó de ouro do tamanho duma salsicha.

Fez-se profundo silêncio. O blefe, se realmente era blefe, ia ser desmascarado, e Thornton sentiu o rosto afogueado. A língua o havia traído, pois na realidade não sabia se as forças de Buck davam para arrancar tamanho peso. Meia tonelada! Ao pensar nisso compreendeu a enormidade da sua gabolice. Thornton tinha confiança na musculatura de Buck e muitas vezes o julgou com força para arrancar essa carga: mas nunca fizera a prova. Tinha agora de o demonstrar sob pena de desmoralização sua e de seu cão. Além disso, não possuía mil dólares, nem Hans, nem Pete.

– Tenho aí fora um trenó com vinte sacos de farinha de vinte e cinco quilos cada um, de modo que o arranjo não fica difícil – prosseguiu Matthewson brutalmente.

Thornton nada respondeu. Não sabia o que dizer. Olhou para o rei da mina Bonanza com olhos arregalados, como quem procura pôr em ordem seus pensamentos e não acha forma. Olhou depois para a cara dum companheiro de Matthewson, Jim O'Brien, que fora seu antigo camarada e se tornara agora um dos reis da mina Mastodon. Uma ideia lhe veio num relâmpago.

– Pode emprestar-me mil dólares? – murmurou quase num sussurro.

– Certamente que posso – respondeu O'Brien, sacando a algibeira e batendo em cima da mesa outra salsicha do tamanho da de Matthewson. – Mas sem fé, meu caro John; o seu grande cão de modo algum poderá realizar o milagre.

O povo que enchia o *saloon* Eldorado precipitou-se para fora. Até os jogadores guardaram as cartas e levantaram-se para assistir à grande contenda – e trocaram um jogo por outro. O jogo era agora de apostar pró ou contra Buck. Várias centenas de homens encapotados de peles, com as mãos protegidas em espessas meias-luvas, rodearam o trenó de farinha.

Esse veículo, carregado com meia tonelada de farinha, estava ali havia já duas horas, e como a temperatura andasse por sessenta graus abaixo de zero, as sapatas tinham-se soldado na neve batida da rua. Os apostadores mais audaciosos ofereciam dois por um contra Buck. Uma disputa irrompeu quanto à expressão "arrancar o trenó". O'Brien opinava que arrancar o trenó não queria dizer movê-lo com as sapatas congeladas, o que seria um absurdo, visto como essa congelação equivalia a uma perfeita ancoragem; Buck tinha de arrancar o trenó, mas depois de despegado da neve, como um navio só parte depois de recolhidas as âncoras. Matthewson, entretanto, achava o contrário: a aposta não previra essa circunstância e o trenó tinha de ser arrancado como estava, ancorado ou não. A maioria dos presentes era a dos que tinham apostado um contra dois e portanto se interessavam pela derrota de Buck. A votação decidiu por dois terços de maioria contra o parecer de O'Brien.

Imediatamente a cotação de Buck desceu. A três contra um ninguém topava. Ninguém achava possível que um cão pudesse fazer aquilo. Thornton encheu-se de apreensões e dúvidas: agora que via o trenó carregado, à trela de uma equipe de dez cães ali deitados na neve, parecia-lhe impossível que o feito pudesse ser realizado. Matthewson esfregava as mãos, rejubilante.

— Três por um! — exclamou. — Aposto mais mil nesta base, amigo Thornton. Que me diz?

As dúvidas de Thornton eram fortes, mas o espírito de luta o havia empolgado, o velho espírito de luta que fecha os olhos, não admite impossíveis e a nada atende senão ao clamor pela batalha. Foi conferenciar com Hans e Pete; estavam curtos de pó de ouro, pois todo o capital de que dispunham não ia a mais de duzentos dólares. Mesmo assim toparam e casaram esse dinheiro com os seiscentos de Matthewson.

A equipe do trenó de farinha foi desatrelada e em seu lugar Thornton colocou Buck sozinho. O animal havia compreendido tudo e mostrava-se ganho pela excitação dos homens. Havia percebido o quanto representava para o seu senhor o que ia fazer. Por essa ocasião achava-se ele em ótimas condições, sem um só grama de carne inútil; os setenta quilos que pesava eram setenta quilos de virilidade e força. Sua pelagem brilhava como seda. O pescoço, sobretudo na parte de baixo em que os pelos pendiam, como que vibrava de vida. O peito largo e as rijas pernas dianteiras guardavam proporção perfeita com o resto do corpo, cujos músculos de aço ressaltavam sob a pele. Os assistentes contemplaram aqueles músculos e, entusiasmados, passaram a aceitar apostas de dois contra um.

— Escute, senhor! — berrou um membro da última dinastia estabelecida no Alasca, um dos reis da mina Skookum Bench. — Ofereço oitocentos dólares por esse cão antes da prova. Oitocentos dólares, aí onde ele está.

Thornton sacudiu a cabeça e dirigiu-se para o lado de Buck.

— Você não pode conservar-se ao lado dele — protestou Matthewson. — O campo deve ficar livre. Todos a distância.

Fez-se silêncio na multidão. Apenas se ouviam os sussurros dos jogadores oferecendo inutilmente dois contra um. Todos admitiam ser Buck um animal perfeito, mas também admitiam que vinte sacos de farinha eram vinte sacos de farinha — além de que o trenó estava com duas horas de solda no gelo.

Thornton ajoelhou-se ao lado de Buck e abraçou-lhe a cabeça, com a face encostada ao focinho do animal. E num murmúrio falou-lhe ao ouvido:

— Meu Buck, o amor que você me tem é o mesmo que tenho por você —, e o cão ganiu ansioso.

A multidão olhava curiosa. Aquilo estava cheirando a mistério, coisa de feitiçaria. Quando Thornton se ergueu, Buck tomou-lhe a mão enluvada entre os dentes e apertou-a, meio relutante em deixá-lo distanciar-se. Era a sua resposta muda, a sua resposta de amor. Thornton afastou-se e deu sinal.

– Agora, Buck!

O cão estirou as cordas e depois afrouxou-as de uns tantos centímetros. Era como havia aprendido.

– Puxa! – gritou Thornton no profundo silêncio reinante.

Buck estirou de novo as cordas, mas puxando com inclinação à direita – e as sapatas do trenó estalaram no gelo.

– Eia! – gritou de novo Thornton.

Buck reproduziu a manobra, agora puxando com inclinação para a esquerda. Os estalidos se repetiram. A solda quebrava-se. Os espectadores suspenderam a respiração.

– *Vamos!* – gritou finalmente Thornton – e aquela palavra de comando soou como um tiro de revólver. Buck fincou as patas no gelo e estirou as cordas com a energia de quem ou arranca ou morre. Seu corpo inteiro enovelou-se num único nó de músculos; o peito largo baixou até relar o gelo. O trenó estremeceu num primeiro movimento. Uma das patas do cão escorregou. Ouviu-se um gemido entre os espectadores. Mas a pata de Buck enterrou-se no gelo novamente, sua tração atingiu o limite e, numa sucessão de arrancos, centímetro a centímetro, o trenó foi caminhando... meio centímetro... um centímetro... dois centímetros... Os socos foram diminuindo e o veículo ganhou impulso – e lá se foi.

Os homens recomeçaram a respirar. Thornton corria atrás do veículo encorajando o cachorro com palavras de carinho. A distância a percorrer havia sido demarcada e terminava junto a um monte de lenha. Quando o trenó ia alcançando a meta, um rugido começou a irromper na multidão, que se transformou num clamor imenso logo que a marca foi transposta. Os homens não se continham. Pulavam e dançavam numa alegria doida. Chapéus e luvas voavam para o ar. Apertos de mão e abraços amiudavam-se e nenhum mostrava maior entusiasmo do que o próprio Matthewson.

Mas Thornton ajoelhara-se diante de Buck e, abraçado com ele, chorava, sussurrando-lhe ao ouvido todas aquelas famosas pragas e nomes feios que eram uma suprema expressão de carinho.

— Mr. Thornton! — veio gritando o rei da Shookum Bench. — Mil dólares por ele! Dou mil e duzentos!

Thornton ergueu-se com os olhos ainda úmidos.

— Senhor, — disse ele ao rei da Shookum — em vez de falar tolices, melhor que vá para o inferno, sabe?

Buck agarrou nos dentes a mão de Thornton e apertou-a com mais força do que nunca. Emocionados com a expansão, os espectadores que haviam acorrido recuaram a respeitosa distância, sem ânimo de interromper uma cena jamais observada.

Capítulo VII
O chamado selvagem

Depois que em cinco minutos Buck fez entrar para o bolso de John Thornton mil e seiscentos dólares, pôde este liquidar certas dívidas e seguir com os dois companheiros para o Leste, atrás duma mina que já constava existir e cujo roteiro se havia perdido. Inutilmente numerosos aventureiros foram-lhe à procura; de lá nenhum voltou. A história dessa mina andava envolta em tragédia e mistério. Ninguém conhecia o seu primeiro assinalador. A tradição já vinha de muito longe.

Contavam duma cabana que existia naquela zona. Homens à hora da morte juravam tê-la visto, e também à mina riquíssima de ouro aluvial, mais valiosa do que qualquer outra descoberta do Alasca.

Os mortos estavam bem mortos, e entre os vivos não existia nenhum que pudesse dar qualquer informação. John Thornton, Hans e Pete, com Buck e mais doze cães, retomaram a trilha que fora o túmulo de todos os seus antecessores. Vararam de trenó cento e cinquenta quilômetros pelo Yukon acima, quebraram à esquerda do rio Stewart, passaram pelo Mayo e pelo McQuestion e foram subindo até que o Stewart se tornasse um fio d'água a descer das montanhas formadoras da espinha dorsal da região.

John Thornton era um filho da natureza bruta, destemeroso e selvagem. Com um punhado de sal e um rifle mergulhava no deserto e lá sabia permanecer quanto tempo desejasse. Como os índios, caçava a sua subsistência sem para isso interromper a marcha para a frente; e se nada encontrava, ainda como os índios continuava a marcha na certeza de que adiante encontraria caça. Assim, na sua longa jornada para o Leste, como a carne constituísse sua única alimentação, o trenó só levava armas e munições.

Para Buck era um perfeito encanto aquela vida de caçadas e pescarias, num indefinido errar por paragens desconhecidas. Marchavam durante dias e dias sem folga; outras vezes acampavam durante semanas. Os cães abriam tocas no gelo, e os homens acendiam fogueiras permanentes. Algumas ocasiões passavam fome; outras, esbanjavam alimento, conforme a abundância de caça da zona ou a sorte dos caçadores. O verão sobreveio e com ele foi levantado acampamento para a subida da montanha – e atravessaram em jangadas os lagos azuis e cortaram rios desconhecidos em leves canoas de casca de árvore.

Meses se passaram naquele errar à direita e à esquerda em busca da cabana perdida. Alcançaram a linha divisória das águas com os ventos quentes do verão; tiritaram sob o sol da meia-noite nas montanhas nuas cobertas de neves eternas; penetraram em vales tépidos formigantes de insetos, e à sombra de geleiras colheram amoras e flores tão boas e lindas como as do Sul. Pelo fim do ano alcançaram um lago que era uma pura magia, triste e silencioso, cheio de vestígios de aves aquáticas, mas por aquele tempo sem nenhum sinal de vida. Só ventos frios a soprar incessantes, e o melancólico bater das ondas na praia deserta.

Entrara nova estação hibernal, e os três homens erraram por todas as apagadas trilhas abertas pelos que por lá já haviam passado antes. Certo dia chegaram a uma picada aberta na mata, com o pressentimento de que a cabana perdida estava próxima. Mas a picada era um labirinto que não ia dar a parte nenhuma, ficando-lhes como um mistério a razão da abertura de tais veredas. Outra vez encontraram os escombros dum acampamento e, no meio de trapos podres, Thornton descobriu uma velha espingarda de pederneira. Reconheceu-a como a arma usada pela Companhia Hudson Bay no tempo da exploração do Norte, quando essas espingardas valiam seu peso em peles de castor. E foi tudo. Nenhum outro vestígio ou sugestão a respeito dos homens passados por ali.

Veio a primavera e, logo no começo, em vez da cabana perdida, encontraram num vale um depósito de ouro aluvial – ouro solto, que lhes pareceu como a manteiga que se forma nas batedeiras. Os três aventureiros acamparam ali. Cada dia de faina lhes rendia milhares de dólares em pó de ouro e em pepitas, que ensacavam em bolsas de couro de alce com capacidade para vinte e cinco quilos cada uma. Trabalhavam como gigantes o dia inteiro naquele indefinido amontoar de tesouros.

Com a parada nada havia que os cães pudessem fazer, salvo avançar gulosamente na carne que Thornton abatia. Buck ficava horas a cismar ao pé das fogueiras. A visão dos homens peludos, de pernas curtas e longos braços, perseguia-o com mais frequência agora que dispunha de todo o seu tempo livre. E passou a viver intensamente naquele outro mundo.

A nota nele predominante parecia-lhe ser o medo. Quando Buck observava os homens ao pé do fogo, cabeças apoiadas nos joelhos e mãos de dedos entrelaçados, via que tinham o sono inquieto, quebrado de sustos; nesses sobressaltos erguiam-se e ficavam a escutar os murmúrios da floresta, lançando mais lenha aos fogachos. Se observava esses homens chegarem à praia do mar para colher mariscos, que lá mesmo abriam e devoravam, notava em seus olhos o mesmo susto, a mesma atenção para algum perigo imponderável que muitas vezes os fazia debandar rápidos como o vento.

Pela floresta caminhavam cautelosos – Buck via-se a segui-los nos calcanhares; sempre alertas e vigilantes, de nariz farejando o ar, porque eram criaturas de faro tão desenvolvido quanto os cães. Um desses homens peludos, que Buck principiou a acompanhar, trepava em árvores com incrível agilidade e por dentro delas caminhava tão rápido quanto sobre o chão; passava dum galho a outro aos saltos sem nunca errar o pulo. Parecia estar tão à vontade sobre os galhos quanto embaixo – e Buck recordava das noites de vigília passadas sob as árvores em cima das quais aquele homem peludo se empoleirava para dormir.

Além dessas visões do homem peludo havia um eterno uivo de apelo vindo das profundas da mata que mexia profundamente com o seu íntimo. Enchia-o de inquietação e estranhos desejos, fazendo-o sentir um vago prazer. Às vezes deixava-se atrair pelo apelo e o perseguia pela floresta adentro, como se fosse algo tangível, e latia, amorosa ou desafiadoramente conforme o seu estado de alma. E Buck mergulhava o focinho nos frescos musgos macios ou farejava a terra negra recoberta de ervas viçosas, embriagando-se daqueles cheiros. Ou então aquietava-se durante horas, atrás de velhos troncos recobertos de liquens e musgos, de ouvidos e olhos bem abertos, atento aos menores rumores ambientes. Ficava nessa tensão para surpreender o chamado que ouvia mas não compreendia. Um cego impulso o arrastava para ele. Por quê? Para quê?

Impulsões cegas e irresistíveis. Estava no acampamento preguiçando, distraído ou cochilando ao calor do sol; súbito, erguia a cabeça, de orelhas em riste, e logo se punha de pé e corria como louco para a floresta. E seguia pelo leito de caudais secos, e atraía as aves empoleiradas nos ramos. Certa vez permaneceu um dia inteiro escondido no bosque, a espiar o movimento das perdizes entregues a sua descuidada faina. Mas o que mais gostava era de correr durante a noite; errava então pela floresta a ouvir os seus rumores abafados e sonolentos, com a atenção de quem procura ler os sinais gráficos de um misterioso livro. Sempre a tentativa de adivinhar a enigmática qualquer coisa que de dia e de noite o chamava, no sono e na vigília – aquele misterioso canto de sereia.

Certa noite Buck despertou de salto, narinas frementes, olhos ansiosos, a pelagem do pescoço repassada de ondas recorrentes como faz a brisa na flor dos capinzais. Da floresta vinha o chamado, mais definido e distinto que nunca – um apelo demorado, vagamente semelhante ao uivo do cão-lobo. Buck o reconheceu como algo familiar, infinitas vezes ouvido não sabia onde nem quando. Escapou aos saltos do acampamento adormecido e mergulhou na floresta. À medida que se aproximava ia moderando seu ímpeto – e foi cautelosamente que penetrou numa clareira onde viu, ereto sobre as ancas, de focinho apontado para o céu, um lobo.

Um lobo magro e comprido que imediatamente parou de uivar e ficou atento, como pressentindo presença estranha. Buck imobilizou-se, agachado, de cauda ereta, pés pousados com instintiva cautela. Viram-se afinal, e aquele primeiro momento foi a breve trégua que marca o encontro de dois animais de presa. Em seguida o lobo fugiu. Buck foi-lhe no rastro numa corrida louca, até que numa ravina estreita o lobo se viu barrado. Voltou-se então e esperou o inimigo, de presas à amostra, como fazia Joe e todos os *huskies* quando encurralados. Rosnava e arrepiava-se, e batia os dentes numa rápida sucessão de abocamentos de ar.

Buck não atacou; rodeou-o apenas, com sinais de paz e amizade. O lobo estava amedrontado e nada confiante porque Buck teria o dobro do seu peso e tamanho. Duvidoso daquela amizade, espiou para os lados; súbito, partiu na corrida – e a perseguição recomeçou.

Logo adiante se viu novamente encurralado e a mesma cena se repetiu, embora a inferioridade do lobo permitisse a Buck ferrá-lo facilmente. A ideia daquele era continuar na corrida até ser alcançado pelo perseguidor; só então atacaria à moda loba – ataque de defesa.

Mas a persistência de Buck acabou vitoriosa. No encurralamento seguinte o lobo compreendeu que nenhum mal lhe viria daquele animal e trocou com ele farejamentos de narinas. Ficaram amigos e brutalmente brincaram de luta simulada. Depois de algum tempo o lobo tomou por uma encosta como quem quer ir a determinado ponto. Fez que Buck compreendesse a sua intenção e o seguisse – e dentro da noite trotaram lado a lado pelo leito enxuto do caudal.

Foram ter a uma planura florestada e picada de riachos, e por ela adentro correram até que o dia rompesse e o sol esquentasse. Buck sentia-se imensamente feliz. Estava por fim respondendo ao chamado e correndo lado a lado do seu irmão das selvas, rumo ao recesso misterioso de onde o apelo costumava vir. Velhas memórias tumultuavam em seu cérebro e sentia-se agitado – como se agitara no tempo em que essas memórias não eram memórias e sim realidade. Buck percebia que já fizera aquilo em outros tempos, no mundo cujas lembranças ainda sobreviviam dentro dele – e agora deliciava-se por estar de novo repetindo a mesma vida, correndo livre sobre uma terra sem gelo, com o largo céu azul por cima da cabeça.

Foram detidos por uma água corrente, da qual beberam. Nesse momento Buck lembrou-se de John Thornton. Sentou-se. O lobo correu ainda um bocado na direção que tanto o interessava e, vendo-se só, retornou. Esfregou novamente o nariz no de Buck e tudo fez para animá-lo a prosseguir na corrida. O cão entretanto o ignorou. Ia voltar. Voltou. Durante mais de uma hora o lobo o seguiu, ganindo-lhe ao lado em tom súplice. Vendo o cão inflexível, parou, sentou-se e, de focinho para o céu, uivou. Por longo espaço Buck ouviu aquele uivo, que gradativamente se foi apagando na distância.

John Thornton preparava a refeição da noite quando Buck surgiu no acampamento e lançou-se sobre ele num frenesi de afeto tal que o derrubou e o pisou, enquanto lhe lambia o rosto e lhe mordia a mão. Era um acesso de ternura jamais demonstrado.

Durante dois dias e duas noites Buck não abandonou o acampamento, nem largou Thornton de vista por um só instante. Seguia-o no trabalho e nas refeições, acompanhava-o à cama e ficava de guarda a noite inteira.

No terceiro dia, porém, o chamado da floresta começou de novo a agir em sua alma e mais imperioso do que nunca. A inquietação lhe voltava, agravada agora com a lembrança do irmão das selvas com o qual correra livre naquela planura tão linda. Pôs-se atento a ouvir o uivo de apelo – mas nada, nada ouviu.

Buck deu de dormir fora do acampamento, passando às vezes dias sem voltar. Não podendo resistir à tentação voltou às paragens do lobo, onde errou por toda uma semana em procura dos seus rastros. Caçava o alimento e viajava no trote largo dos cães – um trote que parece não cansar. Também pescava o salmão num rio largo que despejava nalgum ponto do mar, e perto desse rio matou um grande urso negro que fora cegado pelos mosquitos e errava pela floresta, terrível e impotente. Não obstante foi luta perigosa, que serviu para acordar toda a ferocidade latente no cão. Dois dias mais tarde, quando voltou ao cadáver do urso e em torno dele viu uma dúzia de glutões[19] gulosos na disputa da carniça, espalhou-os como cisco, deixando dois em estado de nunca mais tocar em cadáveres.

A sede de sangue fizera-se mais forte do que nunca. Buck era um matador, um ser que caçava e vivia das coisas vivas, solitário, sem ajuda, seguro apenas da sua força e do seu atrevimento, sobrevivendo num meio hostil onde somente os fortes vencem. Por esse motivo tornou-se possuído de grande orgulho – orgulho que se denunciava em todos os seus movimentos, em todos os seus músculos, em todos os pelos da magnífica pelagem. Mas, a não ser pelo tom escuro do pelo em redor do focinho e acima dos olhos, bem como pela raia branca que riscava seu peito, Buck poderia ser tomado por um lobo gigantesco, de estatura acima da normal na espécie. De seu pai são-bernardo herdara o tamanho e o peso, mas fora sua mãe quem dera forma àquele tamanho e peso. Seu focinho confundia-se com o focinho do lobo, não levadas em

---

[19] Glutão: o mesmo que carcaju, mamífero carnívoro dos EUA e Canadá, famoso pela astúcia e força.

conta as proporções, e sua cabeça valia por uma cabeça de lobo ampliada.

Também sua astúcia tinha muito da astúcia selvagem do lobo; mas era a inteligência do são-bernardo somada à da pastor-escocesa e à terrível experiência adquirida na escola da natureza que o tornava o mais formidável lutador que errara por aquelas paragens. Animal carnívoro, alimentando-se exclusivamente de carne viva, Buck andava agora no apogeu, transbordante de vigor e virilidade. Quando Thornton lhe corria a mão amiga pelo dorso, cada pelo estalava numa pequenina descarga elétrica. Buck inteiro, corpo e espírito, nervo e músculo, estava afinado num maravilhoso equilíbrio de eficiência e adaptação.

Reagia com fulminante rapidez em todos os casos em que um estímulo visual, auditivo ou tátil lhe impunha reação. Por mais rápido que um *husky* saltasse na defesa ou na agressão, Buck o superava longe. Via o movimento ou ouvia o som e reagia em menos tempo do que qualquer outro animal; suprimira o intervalo entre o estímulo e a reação. Percebia, determinava e dava a réplica simultaneamente. Na realidade essas três operações ocorriam em sequência, mas o intervalo reduzia-se em Buck a tal mínimo que davam impressão de simultaneidade. Seus músculos sobrecarregados de vitalidade tinham a rapidez reatora das molas de aço. A vida circulava nele numa torrente feliz, alerta, pronta para as mais súbitas explosões.

— Nunca em tempo algum houve um cão como Buck — disse John Thornton aos companheiros, certa vez em que o viram correr para fora do acampamento.

— Sim — concordou Pete. — E o molde em que foi feito está quebrado.

— É como penso — acrescentou Hans.

Viram-no correr para fora do acampamento, mas não notaram a terrível transformação que se operou em Buck logo adiante, ao penetrar no seio da floresta. O cão de nenhum modo marchava na maneira usual dos cães. Tornara-se parte integrante da floresta e deslizava com pés de gato, verdadeira sombra a esgueirar-se entre sombras. Sabia tirar vantagem de cada acidente do terreno, agachar-se, escorregar como cobra e súbito arremessar-se de salto para ferir como o raio. Apanhava o lagópode[20] no seu ninho, surpreendia o coelho em seu sono, apanhava no ar os pequeninos esquilos que retardavam duma fração de segundo o arranque da árvore. Nos remansos de águas límpidas, o peixe não era suficientemente veloz para lhe escapar ao bote, nem o castor a construir sua casa tinha prudência bastante para evitá-lo. Buck matava para comer, nunca pelo simples prazer da destruição; mas preferia comer o que ele mesmo matava. Quando de estômago cheio e bem-humorado, divertia-se em surpreender bandos de esquilos, deixando-os escapar logo que os tinha à mercê dos seus dentes.

Pelo fim do ano, os alces começaram a aparecer em abundância, em marcha lenta para regiões de inverno menos rigoroso. Buck já havia derrubado e morto um filhote que se afastara do bando, mas seu maior desejo era caçar um adulto. E certa vez o conseguiu, no vale onde trotara com o lobo. Um bando de vinte alces havia cruzado um daqueles pequenos rios sob o comando de soberbo macho. Tinha aspecto feroz esse chefe, e como medisse dois metros de altura, representava um formidável antagonista para Buck.

---

[20] Lagópode: ave galiforme das regiões árticas.

Por sugestão do instinto apurado nos remotíssimos tempos de caça do mundo primordial, tratou Buck de afastá-lo dos companheiros. Não era fácil. Teria de latir e dançar na frente do animalão, muito atento em escapar-lhe aos golpes da galharada ou das patas, pois com um simples coice um animal daqueles lhe espirraria a alma do corpo. Não podendo repelir a coices o impertinente perigo de dentes brancos que o desafiava, o alce caiu num paroxismo de furor. E passou a atacar Buck com os chifres; Buck fugia com o corpo e, em avanços e retiradas, conseguiu afastá-lo do rebanho. Mas vinham atrapalhações. Outros alces corriam em apoio do chefe e o bando de novo se reunia.

Mas há a paciência da floresta – a paciência infinita que leva a aranha a passar horas e horas imobilizada na teia, que petrifica a serpente nas suas roscas ou a pantera na emboscada. É a paciência da vida que vive da vida – e era a paciência de Buck, incansável no tocar o rebanho pelos flancos, retardando-lhe a marcha, irritando os animais e levando o chefe a loucos acessos de raiva. Meio dia foi empregado nessa manobra; Buck multiplicava-se, atacava de todos os lados, envolvendo o rebanho num redemoinho de ameaças. Desse modo exauria a paciência da criatura atacada, que é sempre menor que a da criatura atacante.

À tarde, quando o sol já ia morrendo, os jovens alces começaram a mostrar menor interesse na defesa do pastor. A sensação do inverno como em rápida marcha atrás deles incitava-os a seguir para a frente mesmo sem o chefe, eternamente atropelado por aquele inimigo incansável. Se para continuarem em paz fosse necessário o abandono de uma vida, era negócio abandonar essa vida – assim deviam raciocinar, se raciocinassem à maneira humana.

Ao cair da noite, o pastor condenado, de cabeça baixa, viu as fêmeas, suas esposas, e os alcezinhos, seus filhos, afastarem-se rápidos na distância. E não pôde acompanhá-los por ter pela frente aquele pequeno inimigo de dentes implacáveis, que latia, que abocanhava, que não o deixava arredar-se dali. De quase uma tonelada era o seu peso; sua altura, de dois metros, era respeitável; vivera uma longa e forte vida de lutas – e agora defrontava a morte diante duma criatura que esmagaria com uma patada, se pudesse alcançá-la.

E a partir daquela tarde, dia e noite, Buck nunca mais deu tréguas à presa; não a deixou tomar um momento de repouso, nem tosar os capins e brotos das árvores. Igualmente não deixou o pobre animalão matar a sede que lhe queimava a garganta – sede tantalizada[21] pela proximidade de córregos murmurejantes. Às vezes, arrastado pelo desespero, o alce disparava em corridas longas. Buck não procurava detê-lo; limitava-se a segui-lo, contente com o jogo, deitando-se quando o alce parava e atacando-o ferozmente quando o via fazer o menor movimento para pastar ou beber.

A enorme cabeça do mísero descaía mais e mais sob o peso da galhada, e seu trote já não tinha a vivacidade do começo. Já permanecia parado muito mais tempo do que trotava, com o focinho quase a relar o chão. Nesses momentos, ofegando, com a língua de fora e os olhos fixos no animalão, parecia a Buck que uma mudança na ordem das coisas estava prestes a sobrevir. A floresta, as águas, o ar como que palpitavam por influxo dessa coisa nova. Tinha a intuição disso por meio de ignorados receptores mais sutis que a vista, o ouvido

---

[21] Tantalizado: desejo irrealizável.

O Grito da Selva

O chamado selvagem

ou o faro. Nada via, nada ouvia, nada farejava, mas sentia na natureza uma mudança. E lá consigo deliberou investigar logo que o caso do alce chegasse ao fim.

No quarto dia o animalão não resistiu mais e caiu. Buck passou um dia e uma noite ao lado daquela montanha de carne, comendo e dormindo alternadamente. Descansado, finalmente, e bem fortalecido, apontou o focinho na direção do acampamento de John Thornton e pôs-se a trotar de volta, com a mesma certeza de rumo com que num mar desconhecido navega o homem com a bússola.

À medida que trotava, mais e mais consciente ia-se tornando da mudança operada nas coisas. A vida em redor de si afigurava-se-lhe diferente da vida levada até dias antes. O porquê não sabia, nem sabia que sentido em seu corpo lhe estava dando essa impressão. Tudo lhe falava daquilo: os pássaros nos seus gorjeios, os esquilos nos seus pulos de galho em galho, as brisas no seu soprar caricioso. Diversas vezes Buck parou e sorveu o ar fresco da manhã em longas aspirações, lendo em tudo a mensagem sussurrada à volta de si. Sentia-se opresso pelo antever duma calamidade iminente, se é que a calamidade já não acontecera, e ao atravessar a última aguada da planície para penetrar no vale do acampamento, seus passos mostraram redobro de cautelas.

Seis quilômetros adiante, deu num rastro fresco que fez os pelos do seu pescoço eriçarem-se. Esse rastro levava em linha reta ao acampamento de John Thornton. Numa tensão nervosa jamais sentida, Buck disparou num deslizar de sombra, eletricamente alerta da ponta da cauda ao focinho. Ia absorvendo tragédia pelos lugares por onde passava. Notou o silêncio pavoroso da floresta. As aves, de asas recolhidas. Os esquilos, nos refúgios. Só pôde ver um – um esquilo cor de casca e tão aderido a um tronco que somente olhos muito afeitos à observação poderiam distingui-lo dum nó da casca.

Em certo momento, numa área sombreada, seu focinho foi desviado de direção como se força magnética o puxasse. Seguiu o rumo que o olfato indicava e numa moita encontrou Nig. Estava caído, imóvel, com uma flecha ornada de penas a lhe atravessar o corpo de lado a lado.

Cem metros adiante encontrou um dos cães de trenó adquiridos em Dawson. O cachorro contorcia-se à beira da morte, bem sobre a trilha. Buck passou por ele sem se deter. Do acampamento já próximo vinha o alarido de muitas vozes alteando-se e baixando de tom, como nas canções. Caído de costas encontrou logo adiante Hans, tão crivado de flechas que parecia um porco-espinho. No mesmo instante divisou por uma fresta entre as árvores uma cena que lhe fez arrepiarem-se todos os pelos do corpo. Uma onda de cólera o assaltou. Buck não percebeu que começara a latir, mas latiu com ferocidade inaudita. Era a última vez que deixava a astúcia e o raciocínio serem sobrepujados pela paixão. O seu imenso amor por John Thornton o fizera perder a cabeça.

Os índios *yeehats* estavam dançando em redor dos escombros do acampamento. Ao ouvirem o terrível latido pararam; logo em seguida viram arrojar-se contra eles um bólide. Era Buck. Rajada de ódio e cólera incoercível, saltou contra o índio mais próximo (o chefe da tribo) e rasgou-lhe a carótida em um golpe único. Não parou. Não esperou que a vítima caísse. Rápido como o relâmpago, saltou à garganta de outro e fez o mesmo. Não havia como resistir. Buck mergulhou entre o bando de índios qual demônio possesso e pôs-se a estraçalhá-los com inaudita fúria, tão rápido que de nada valiam as flechas arremessadas. A proximidade uns dos outros, em que se achavam os índios, e a violência fulgurante dos movimentos de Buck, faziam com que as flechas o ajudassem no trabalho de destruição. Um jovem guerreiro, que tentou atravessá-lo com a lança, viu-a enterrar-se no peito de outro guerreiro. O pânico tomou conta dos selvagens, que saíram correndo para a floresta aos gritos de que não era um lobo e sim o Espírito do Mal.

E na verdade Buck se tornara a encarnação perfeita do Demônio do Furor – e como tal os estraçalhou na floresta como se fossem veados perseguidos por mastins. Foi um dia funesto para os *yeehats*. Espalharam-se por extensa área e só na semana seguinte os últimos sobreviventes se reuniram no vale para fazer o balanço das perdas. Depois de saciar-se de perseguição, Buck voltou ao acampamento destruído. Encontrou Pete ainda sob as cobertas; fora morto de surpresa na cama. A desesperada resistência de Thornton leu-a escrita no chão. Buck seguiu-lhe os rastros até a beira dum poço, onde encontrou Skeet morta, com as patas dianteiras e focinho na água – fiel até o derradeiro instante. A água lamacenta e revolta escondia o cadáver de John Thornton, porque ali terminavam as marcas das suas pegadas.

Durante o dia inteiro Buck rondou a aguada onde se sumira o seu senhor e quando não estava ali a uivar gemidos, errava aos soluços por entre os destroços. Buck sabia o que era a morte – essa cessação do movimento, e sabia que John Thornton desaparecera para sempre. Aquela morte deixava-lhe na alma um vácuo imenso, qualquer coisa como fome, qualquer coisa que doía e que alimento nenhum tinha forças para curar. Parava às vezes na contemplação das carcaças dos *yeehats* e nesses instantes sentia um alívio grande, alívio e orgulho – orgulho jamais sentido. Vencera o alentado alce e era um notável feito; mas havia agora matado homens, a caça mais alta de todas, e tinha-os matado de acordo com a lei do porrete e do dente. Buck farejou-lhes os corpos, cheio de curiosidade. Tinham morrido muito facilmente. Bem mais difícil acabar um *husky* do que um homem. Desarmados das lanças, flechas e porretes, eram bem mais fracos que os cães. Doravante não teria deles nenhum receio, quando os visse sem lança, porrete ou flechas em punho.

A noite sobreveio com a lua no céu banhando as árvores com sua palidez mortuária. E com o vir da noite, Buck sentiu borbulhar em seu íntimo o alvorecer de uma vida nova. Sentou-se, a ouvir, a farejar. Vinha de longe um imperceptível ladrido, logo acompanhado de um coro no mesmo tom. Aquelas vozes cresciam, aproximavam-se. Buck sentiu-as como coisas do mundo passado, subsistentes no fundo da sua memória. Avançou para o descampado e parou numa elevação para ouvir melhor. Era o chamado tantas vezes ouvido e agora mais urgente do que nunca. Tinha de segui-lo. Estava morto John Thornton, o único laço que o prendia aos homens.

Na faina incessante da caça e na trilha dos *yeehats* que flanqueavam o rebanho de alces, a alcateia dos lobos cruzara a planície e invadira o vale de Buck. Logo irromperam no descampado batido pelo luar, como feitos de prata; Buck, sentado em seu posto de observação, esperou-os, imóvel, como se fosse de pedra. Os lobos vacilaram diante daquele vulto de estátua no pedestal. Estancaram. Depois o mais intrépido destacou-se do bando e avançou em linha reta. Buck saltou-lhe em cima e com a rapidez do raio quebrou-lhe o pescoço. Deteve-se em seguida, imóvel como antes, com o lobo em agonia a debater-se aos seus pés. Três outros tentaram o assalto e foram igualmente destruídos com assombrosa presteza.

Era o bastante para lançar à frente toda a alcateia num ataque em massa. A maravilhosa rapidez de Buck, porém, permitiu-lhe enfrentá-los. Apoiando-se sobre as patas traseiras e dando botes de todos os lados, apresentava um *front* circular inquebrável. Para encurtar essa frente, recuou até uma barranca onde se acastelou; ficava assim com as costas inacessíveis ao ataque. Era uma barranca artificial cavada pelos três homens para o represamento da água necessária à mineração.

Ali os enfrentou de maneira tão enérgica que ao cabo de meia hora os lobos desistiram do ataque. Estavam de língua pendente, cansados, expondo ao luar a brancura cruel dos caninos impotentes. Vários jaziam por terra, mortos ou em agonia. Outros, sentados, olhavam para o inimigo invencível. Outros bebiam na aguada mortuária. Súbito, um lobo magro avançou cautelosamente, em atitude amiga, e Buck o reconheceu como o irmão selvagem que o levara a correr pela planície uma noite e um dia inteiros. Aproximava-se ganindo. Buck aceitou aquela oferta de amizade e o esfregamento de focinhos selou a paz.

Logo após um velho lobo, magro e escalavrado de cicatrizes, emergiu do bando. Buck ia-lhe arreganhando os dentes; mas o arreganho degenerou logo em amigável esfrega de focinho. Então o velho lobo sentou-se e de focinho apontado para a lua rompeu um longo e lamentoso uivo. Os demais sentaram-se para lhe fazer coro. Buck ouvia afinal, bem de perto, o chamado misterioso. Sentou-se também e uivou. E a uivarem permaneceram longo tempo. Terminada a cerimônia, deixou Buck o seu posto de defesa e foi confraternizar com a alcateia da maneira brutalmente brincalhona que os lobos usam. Depois os chefes deram o latido de marcha e a alcateia precipitou-se para a floresta. Os lobos seguiram atrás, latindo em coro. Na frente, Buck, lado a lado com seu irmão das selvas.

E aqui acaba a história de Buck. Não se passou muito tempo, e os *yeehats* notaram uma mudança nas novas gerações dos lobos da zona. Apareciam com manchas pardas no focinho e listra branca ao peito. Mais notável do que isso, porém, era o Cão Fantasma que, na crença dos índios, era o chefe da alcateia. E grandemente o temiam porque tinha fama de mais astuto que todos. Era ele quem trazia os lobos para saquear seus campos de inverno, e lhes roubava a caça das armadilhas e lhes matava os melhores cães e desafiava a perícia dos seus mais hábeis caçadores.

E não era o pior. Caçadores que saíam em longas excursões deram de nunca mais reaparecer na aldeia; mais tarde eram encontrados de garganta estraçalhada e com o corpo lanhado de garras muito grandes para serem de lobos. Cada outono, quando os *yeehats* saíam para seguir os alces de passagem migratória, havia uma planura onde não punham os pés. E as mulheres mostravam-se tristes quando, rente ao fogo, os homens declaravam que lá não havia como entrar, visto que o Espírito Mau elegera aquele rincão como sua morada predileta.

De fato, lá vagueia um animal estranho que os *yeehats* desconhecem. Um lobo de maravilhosa pelagem que não se assemelha ao comum dos lobos. Costuma cruzar sozinho a floresta enfeitada pela primavera para vir sentar-se numa certa clareira, ali onde uma aguazinha corre por entre os ossos de uma carcaça de alce, já semioculta pela vegetação. O enorme lobo se detém naquele ponto por algum tempo, uiva um uivo longo de saudade e depois se afasta.

Mas não é um lobo solitário. Por ocasião das compridas noites de inverno, ele percorre os vales à frente duma alcateia. Sob a luz da lua ou ao clarão da aurora boreal, seu vulto alentado mostra-se dominante – e é também a sua voz que domina os cantos dos lobos na hora em que se sentam para o triste e lancinante uivo às estrelas.

Monteiro Lobato

Criador da Literatura Infantil/Juvenil Brasileira, o paulista José Bento Monteiro Lobato (Taubaté, 1882/São Paulo, 1948) foi das figuras que marcaram a realidade socioeconômica e cultural de seu tempo. De um dinamismo fora do comum, Monteiro Lobato sempre se sentiu atraído para diferentes áreas de atividades e a todas se dedicava com afinco, entusiasmo e pertinácia. Suas principais obras são: *A chave do tamanho, As caçadas de Pedrinho, Emília no país da gramática, Geografia de Dona Benta, Histórias de tia Nastácia, O picapau amarelo, O poço do Visconde, Reinações de Narizinho, Urupês e Viagem ao céu.*

Monteiro Lobato traduziu e adaptou para o catálogo da Companhia Editora Nacional *best-sellers* da literatura mundial, como *A filha da neve, Ali Babá e os quarenta ladrões, Alice no país das maravilhas, Alice no país do espelho, As aventuras de Huckleberry Finn, Caninos Brancos, Contos de Grimm, Diamante Negro – história de um cavalo, Kim, Moby Dick, O grito da selva, O lobo do mar, Pinóquio, Pollyanna, Pollyanna Moça, Mowgli, o menino-lobo e Jacala, o crocodilo.*

"Um país se faz com homens e livros."
Monteiro Lobato

Fonte: *Dicionário crítico da literatura infantil e juvenil brasileira*. Nelly Novaes Coelho, Companhia Editora Nacional, 2006.

Bibliografia de Jack London

A filha da neve (1902)
O grito da selva (1903)
O povo do abismo (1903)
O lobo do mar (1904)
Caninos Brancos (1906)
Tales of the Fish Patrol (1906)
Antes de Adão (1907)
O tacão de ferro (1907)
The Iron Heel (1908)
Martin Éden (1909)
Sol ardente (1910)
A aventureira (1911)
A peste escarlate (1912)
Smoke Bellew (1912)
A travessia do Snark (1913)
Memórias de um alcoólico – John Barleycorn (1913)
The Valley of the Moon (1913)
The Star Rover (1915)
Jerry (1917)
Michael, irmão de Jerry (1917)
Agência de assassinos (1963)

Impresso em São Paulo pela IBEP Gráfica.